©김근

김민정

1981년 서울에서 태어났다.
이화여자대학교 언론홍보영상학부 광고홍
보학과를 졸업하고 회사에서 마케팅과 광고
기획 관련 일을 담당했다.
직장생활을 짧게 끝맺고 장로회신학대학교
대학원 선교학과에 입학해 야학 활동을 하던
중 하늘이 아닌 땅에 매혹되어 중앙대학교
문예창작학과에서 박사과정을 마쳤다.
제4회 구상문학상 젊은작가상을 받고 계간
『아시아』에 단편소설 「안젤라가 있던 자리」
를 발표하며 작품 활동을 시작했다.
현재 중앙대학교에서 강의를 하고 있다.

홍보용
소설

홍보용
소설

김민정
소설집

실천문학사

차례

홍보용 소설

홍보용 소설

지난 7월 16일부터 22일까지 일주일 동안 인터넷 서점 '유어북'에서 실시한 '한국의 대표 천재 작가'를 묻는 설문에서 이상(李箱)이 52.3%(응답자 171,263명 중 89,570명)로 1위에 꼽혔다. 이상에 이어 매월당 김시습이 42.6%로 2위를 차지했으며, 그 다음으로 백석(2.7%), 허난설헌(1.3%) 등 순으로 조사됐다. 이번 설문에서 이상과 김시습은 압도적인 표차로 1, 2위를 차지하며 '한국 문학사의 천재'임을 입증하였다. 이 결과를 접한 누리꾼들 사이에서는 '두 천재'의 평행이론이 화제를 불러일으켰다. 그들은 폭력과 불의로 그늘진 시대에 태어나 기성 문단의 주류적 흐름을 거부하며 독자적인 길을 걸었다.

서로 다른 시대를 산 두 사람의 운명이 같은 패턴으로 전개

되는 그들의 평행이론은 여기에서 멈추지 않았다. 누리꾼들은 이상이 필명이라는 사실에 주목하였다. 이상의 본명은 김해경(金海卿). 김해경과 김시습, 두 사람 모두 본관이 강릉(江陵)이라는 점을 찾아낸 누리꾼들은 퍼즐의 마지막 조각을 맞춘 것처럼 환호했다. 강릉김씨의 시조 김주원(金周元)은 신라 통일을 이룩한 태종무열왕 김춘추(金春秋)의 5세손, 김시습은 22세손, 이상은 36세손이다.

누리꾼들의 관심은 자신들이 전개한 평행이론을 증명해줄 또 한 명의 천재 작가를 찾는 것에 집중되었다. 그리고 단 하루 만에 그들은 생존해 있는 강릉김씨 40세손 소설가를 발견해냈다.

글 쓴 관상이 아닌데.

그녀의 얼굴에서 들고 온 가방으로 시선을 옮기며 나는 혼잣말하듯 중얼거렸다. 한 학기 대학 등록금과 맞먹는다는 고가의 명품 가방이었다. 그 가방에서 그녀는 파일 하나를 꺼내 내밀었다. 한눈에 보아도 꽤 많은 양의 종이뭉치였다. 나는 한 손에 잡고 부채질하듯 쓱 넘겼다. 첫 장은 그녀에 관한 간단한 프로필이고, 그다음부터는 그녀의 단편소설이 이어졌다. 모두 열다섯 편으로 백오십 페이지가 넘었다. 자신이 쓴 소설을 모두 챙겨온 모양이었다.

대표작이 뭐지요?

내 질문에 그녀의 얼굴이 조금 굳어졌다.

안젤라가 있던 자리요. 그게 등단작이에요.

짧게 대답을 마친 그녀는 왼쪽 가운뎃손가락에 낀 반지를 다른 손으로 만지작거렸다. 데뷔작이 대표작이라. 묵주처럼 반지를 쓰다듬는 그녀의 손길에서 나는 그녀가 약속을 세 번 취소했었다는 걸 기억해냈다. 휴대폰을 들었다 놨다 망설이는 그녀의 모습이 눈에 보이는 듯했다.

문예지에 한 번 실은 적이 있긴 한데……

작품을 한 번 발표했었다는 사실이 그녀를 더욱 조바심 나게 했을 것이다. 적당한 양의 희망과 절망, 그리고 약간의 기대. 사람의 마음을 움직이는 데 요구되는 필수 조건이다. 작품 활동이 전혀 없을 때보다 이런 경우 대화는 쉽게 풀릴 확률이 높았다.

소설가 오정희 씨 아시죠?

나도 모르게 말이 거칠게 튀어나왔다. 계약을 따낼지 모른다는 섣부른 예감 때문이었다.

문청치고 그 선생 소설 필사해보지 않은 사람은 없을 거예요. 그런데 강남역 한복판에 서서 오정희 아느냐고 물어보면 몇 명이나 안다고 할까요.

내 말에 외까풀 진 그녀의 작은 눈이 더욱 가늘어졌다. 나는 미리 준비해둔 말을 속사포처럼 뱉어냈다. 오정희의 경쟁자는 박완서나 황석영, 요즘 잘 나간다는 박민규나 김애란이 아니에요. 아프니까 청춘이다, 멈추면 비로소 보이는 것들, 언니의 독설 이런 책들이죠. 요즘 대세는 힐링과 자기계발인 건 아시죠? 오정희 소설 속 여자 주인공들은 작가처럼 점점 나이가 들잖아요. 그걸 포인트 삼아 이십 대 삼십 대 사십 대 여성이 읽는 자기계발서 시리즈로 팔면 어떨까요. 읽기 쉽고 가벼운 교양서적으로 이미지 메이킹하는 거죠. 판매량이 두세 배는 늘어날 걸요. 다 어떻게 이미지 세팅을 하느냐에 따라 달라지는 거죠. 그 작업을 지금 진행 중에 있다는 말까지 한 다음 나는 그녀의 반응을 살폈다. 유명한 작가의 이름을 거론하는 것은 나에 대한 신뢰도를 높이는 동시에 의뢰인을 안심시키는 역할을 하기 마련이었다. 물론 나는 오정희에게 일을 의뢰받은 적이 없었다. 오정희란 작가를 만난 적조차 없었다. 하지만 진행 중이란 말은 거짓이 아니었다. 이미 내 마음속에는 수백 명 작가의 이미지맵이 그려져 있는 상태였다.

반지는 여전히 그녀의 손에서 빙빙 돌고 있었다. 그녀는 지금 갈등 중이리라. 아이돌 가수나 영화배우처럼 이미지 관리라니. 문학의 순수성을 상업적 마케팅으로 오염시키는 것은 아닌지 마음 한구석이 찜찜할 것이다. 자본주의니 신자유주의니 하는 말들로 비난받을까 불안하고 두렵기도 할 것이다.

자칫 잘못하면 상업주의 작가라는 주홍글씨가 새겨질지도 모르는 일이었다. 그렇다고 이대로 무명작가로 살아가고 싶진 않았다. 데뷔하고 청탁은 단 한 번뿐이었다. 놀고 싶고 쉬고 싶은 마음을 억누르고 소설을 써놓은들 아무런 소용이 없었다. 하드디스크에 소설이 하나둘 쌓여갈수록 그녀는 점점 조급해져 갔을 것이다. 그녀의 비대칭적인 입술이 눈에 들어왔다. 얇은 윗입술은 외톨이 소녀의 새침한 표정을 두툼한 아랫입술은 장인의 오래된 굳은살을 드러내고 있었다. 그녀는 입을 꽉 다물고 있었지만 나는 그녀의 마음을 읽어낼 수 있었다. 말없이 나는 파일을 덮었다. 그리고 테이블 위로 세게 던졌다. 탁, 하고 날카로운 마찰음이 났다. 나를 주시하는 그녀의 시선이 느껴졌다.

평생 소설 쓰는 김은정으로 남고 싶으세요?

내게 보낸 메일에서 그녀는 자신을 '소설 쓰는' 김은정이라고 소개했다. 의문으로 남았던 그녀의 자기소개는 오늘 그녀를 직접 만나고 나서야 비로소 해결되었다. 등단한 다음 해 봄에 발표한 작품을 제외하곤 그녀의 활동은 전무했다. 소설가라고 하기엔 스스로 멋쩍었을 이력이었다. 그렇다고 그냥 김은정이라고 하기에는 동명이인의 시인이 마음에 걸렸을 것이다. 두 권의 시집을 출간한 화려한 외모의 그 시인은 이미 문단에서 유명 인사였다. '소설 쓰는'이란 딱지는 소설가 김은정으로선 피할 수 없는 선택인 셈이었다. 필명을 사용하지 않는 이유를 따로 묻진 않았지만 그것도 짐작할 수 있을 것 같았다. 새로운 이름을 지어 쓴다 한들 그녀의 가족들과 친구들은 그녀를 은정아, 라고 부를 것이고, 은행이나 동사무소에서 그녀는 김은정이라고 적힌 신분증을 내밀어야 했을 것이다. 달라질 것은 없었다. 이름 석 자 중 한 글자만 바꾸는 것은 어떨까 고민도 해보았을 것이다. 강은정, 김은서…… 여러 이름을 떠올리다 그녀는 결국 김은정인 게 낫다고 판단했을 것이다. 너훈아나 조용팔처럼 이미테이션 가수가 되는 기분이 들었을 테니까. 자기 자신은 사라지고 그 자리에 낯선 사람이 살고 있는 듯한 불쾌함과 자괴감. 평생 '소설 쓰는' 김은정으로 남고 싶으냐는 나의 질문은 그러니까 그녀를 소설가이기 이전에 '사람' 김은정으로서의 존재 증명을 요구하는 것이었다.

카드 되죠?

그녀의 물음에 나는 말없이 고개를 끄덕였다. 모든 사건사고를 사람의 문제로 환원시키는 것. 그것은 소설 창작의 기본이다. 작가의 이미지 관리를 창작의 일환으로 여기게 하는 것 또한 이미지 마케터인 내가 의뢰인을 위해 하는 일 중의 하나였다. 그건 이 프로젝트를 성공시키기 위한 가장 중요한 작업이기도 했다. 그녀가 사무실 문턱을 넘어선 순간부터 소설가 김은정의 이미지 매니지먼트는 이미 시작된 것이었다.

일주일 만이었다.

나는 들고 있는 커피잔 너머로 그녀를 힐끔 쳐다보았다. 아이보리 색 원피스에 연분홍 플랫슈즈를 신고 있는 그녀가 주(酒)님을 통해 물아일체의 경지에 도달하는 고주망태일 가능성은 작아 보였다. 출판사 교열부 직원처럼 성질이 꼬장꼬장해 보이지도 않았다. 작가라는 직업군에 '여성'이라는 생물학적 조건을 덧붙여도 별다른 성과는 없었다. 그녀는 섹시하지도 그렇다고 남성적이지도 않았다. 내가 만든 이미지맵에 작가로서 그녀의 포지션은 없었다.

오시느라 힘드셨죠?

어떤 대답을 들으려고 한 질문이 아니었다. "오늘 날씨 좋네요"라거나 "식사하셨어요"처럼 으레 던지는 인사말이었다. 군이 적당한 답변을 찾는다면 아니에요 정도. 여기에 제 소설 읽느라 김 대리님이 더 힘드셨을 거예요 라는 말을 덧붙인다면 겸손한 인상을 줄 것이었다.

오랜만에 강을 건너보는 것 같아요.

순간 무릎에 올려놓았던 파일이 미끄러져 바닥에 툭 떨어졌다. 지난주 그녀가 건네주고 간 열다섯 편의 소설묶음이었다. 나는 들고 있던 커피 잔을 테이블에 내려놓고 허리를 숙였다. 시멘트 바닥에 떨어진 파일은 좌우로 배가 갈라져 양재천 산책로를 걷고 있는 안젤라의 모습을 펼쳐 보이고 있었다.

아파트 뒤에는 양재천이 흐르고 있었다. 땅값이 비싸다는 서울에, 그
것도 고층 아파트가 빽빽하게 들어서 있는 강남에서 이렇게 가깝게 자연
을 접할 수 있다는 사실이 놀라웠다. 그것은 삼십 대 중반의 나이에 투자
자문사 대표로서 천억 원을 운용하고 있다는 오빠의 성공을 말해주고 있
는지도 몰랐다. 내가 머물고 있는 오빠의 서재에서는 테헤란로로 향하는
도로와 양재천 산책로가 모두 보였다. 자연과 도시를 함께 누린다는 것
은 과거에 대한 만족감과 앞으로 살아갈 날들에 대한 기대를 의미하는
것일까. 양재천을 따라 난 산책로를 걸으며 나는 삼 년 전 내린 그 결정
에 대해 생각했다.

그녀의 데뷔작 「안젤라가 있던 자리」는 최고급 주상복합 아
파트를 배경으로 한 소설이다. 자기 주변의 것을 활용해 작품
을 쓰는 것은 소설가 지망생들의 주요한 특징 중 하나였다. 나
는 그녀를 힐끔 쳐다보았다. 무릎 위에 가지런히 손을 모으고
있는 그녀 옆에는 지난번과 다른 브랜드의 명품가방이 놓여
있었다. 테헤란로로 향하는 도로와 양재천 산책로를 동시에
볼 수 있는 강남의 아파트란 어디일까. 나는 손바닥을 쫙 펴
서 먼지를 털어내듯 파일을 탁탁 쳤다. 둔탁한 마찰음이 사무
실 안에 울려 퍼졌다. 조금 전 그녀가 말한 강은 서울의 남과

북을 가르는 한강이었다. 그 강이 단순히 지역적인 경계를 의미하지 않는다는 것을 서울 시민은 물론이고 두바이를 경유해 24시간 동안 비행기를 타고 가야 도착할 수 있는, 우리와 얼굴색이 다른 남아프리카공화국 사람들까지 모두 알고 있었다. 낮에는 따사로운 인간적인 여자, 커피 한 잔의 여유를 아는 품격 있는 여자, 밤이 오면 심장이 뜨거워지는 여자, 그런 반전 있는 여자! 싸이가 부르는 '강남스타일'의 노래가사가 머릿속에 빙빙 맴돌았다. 나는 방긋 미소 지으며 그녀와 시선을 맞추었다. 수십억짜리 고급 아파트에 살아봤자 그녀는 일개 무명 소설가일 뿐이었다. 한두 달 내내 글 쓰는데 온 힘을 다 쏟아 붓고도 고작 단편소설 한편에 백만 원밖에 받지 못하는 글쟁이라는 사실이 그녀가 들고 온 고가의 명품가방이 감당해야 할 반전이었다.

헤엄쳐 오셨나 봐요?

나는 짓궂은 표정을 지으며 물었다. 물에 흠뻑 젖어 초췌해진 몰골로 힘겹게 강을 건너고 있는 시폰 원피스 차림의 그녀가 눈앞에 그려졌다. 오랜만에 강을 건너보는 것 같아요 라니. 열세 시간 동안 수영해서 대한해협을 횡단한 조오련도 아니고 고작 자동차를 타고 한강을 건넜을 그녀가 할 대답은 아닌 것 같았다. 나는 내심 인상을 찌푸린 그녀의 얼굴과 마주하기를 기대했다.

하지만 그녀는 내 예상을 철저히 배신했다. 나를 보고 빙그레 웃은 것이었다. 내 말을 어색한 분위기를 풀기 위한 가벼운 농담쯤으로 생각한 것 같았다.

아니면 유람선 타고 오셨나 보네요.

나 역시 그녀의 생각을 배신하고 싶었다. 하지만 그건 나만의 착각인 것일까. 이제 그녀는 아예 소리 내어 크게 웃기까지 했다. 유머감각이 좋으시군요. 다음엔 배를 타거나 수영해서 올게요. 그녀는 내가 자신을 비꼴 수 있다고는 전혀 생각할 수 없는 모양이었다. 구김살 없이 밝은 그녀의 표정에서 나는 그녀의 두 번째 발표작을 떠올렸다. 「라지 조지」는 한 달에 백사십오 만원의 수업료를 지불해야 다닐 수 있는 사립 영어 유치원에서 원어민 강사로 근무하는 미국인 조지의 이야기였다.

뷰익 라크로스의 헤드라이트가 켜졌다. 그 빛을 따라 한 아이가 차를 향해 뛰어갔다. 조지는 아이가 차 문을 열고 좌석에 앉아 운전석의 엄마와 눈을 맞추는 모습을 쭉 지켜보았다. 아이의 엄마는 서른둘이나 셋, 자신과 비슷한 나이일 것이다. 그는 자신이 면접했던 학부모들을 떠올렸다. 영어 잘하는 부모 밑에서 자란 아이들이 빨리 배우는 법입니다. 그는 원장이 시킨 말로 면접을 시작했다. 그러면 부모들은 선생님의 말씀을 경청하는 모범생처럼 고개를 끄덕였다. 면접은 이름과 나이, 직업 등과 같은 기초적인 인적 사항부터 교육방식과 생활신조까지 다양하고 심충적인 질문들로 진행되었다. 그는 질문하고 부모들은 대답했다. 그리고 아이들은 그런 부모의 손을 꼭 잡고 있었다.

영어 잘하는 부모 밑에서 자란 아이들이 빨리 배우는 법입니다. 어젯밤 이 문장을 읽을 때 나는 묘한 기시감에 시달렸다. 사랑도 받아본 사람이 할 줄 아는 거야. 작년 겨울 명동 한복판에서 남자친구는 이 말을 남기고 나를 떠났다. 부모에게 상속받아야 할 게 돈 말고 또 있단 말이야? 나는 이렇게 반문하고 싶었다. 학자금 대출만으로도 이미 내 재정 상태는 바닥이었다. 그런 나에게 그는 나의 가난이 모든 장기에 전이된 암세포처럼 마음에까지 퍼져있다고 말한 것이었다. 그건 앞으로 어떤 남자도 만날 수 없을 것이라는 저주만이 아니었다. 나에게는 영원히 벗어날 수 없는 선천적 가난이라는 주홍글씨가 새겨진 것이었다. 선천적 질환이나 선천적 기형과 같은. 나는 내 앞에 앉아 있는 그녀의 플랫슈즈를 내려다보았다. 지하철이나 버스를 타면 단 하루 만에 시커먼 발자국이 여러 개 찍혀 쉬이 더러워질 연한 분홍색이었다. 유복한 가정에서 사랑받고 살아온 그녀는 세상이 자신에게 호의적이라고 생각하며 자라왔을 것이다. 햇빛에 눈이 부시면 백화점에 들어가 선글라스를 사고 우산 없이 외출을 했는데 소나기가 내리면 택시를 잡아타면 되는 것처럼. 가난은 불행한 것이 아니라 불편

한 것이라는 누군가의 말을 빌리자면 돈 많은 부모를 둔 그녀
는 자신을 불행하고 불편하게 할 권리를 누구에게도 허락하
지 않은 것이 분명했다.

커피 하시겠어요?

그녀가 자리에 앉은 지 십여 분이 흘러 있었다. 그제야 나는
뒤늦게 그녀에게 마실 것을 권했다. 잠시 뜸을 들이던 그녀가
작은 눈을 살짝 치켜뜨며 물었다. 혹시 캐모마일 있나요? 직
원 열댓 명이 전부인 작은 회사에 그런 게 구비되어 있을 리
없었다.

김 작가님은 차 마시면서 글 쓰세요?

혹시, 라는 단어를 입속으로 꿀꺽 삼켜버린 채 그녀에게 물
었다. 작가란 모름지기 자욱한 담배연기가 만들어내는 흐릿
한 세계에 정신을 푹 절어야 글이 나온다는 이야기는 사진 속
담배 피는 까뮈의 모습처럼 익숙한 것이었다. 담배 대신 껌
을 씹는다는 시인의 이야기를 미용실 진열대에 꽂혀 있던 잡
지에서 읽은 기억이 있긴 했다. 한 시간쯤 껌을 질겅질겅 씹
다 보면 그는 저절로 시상이 떠오른다고 했다. 먹거나 마시는
실용적인 도구로서의 입을 벗어나는 순간 뮤즈가 노래를 부
르기 시작한다고. 무목적성의 목적이라는 점에서 껌 씹는 행
위와 예술은 맞닿아 있다는 것이었다. 하지만 허브티라니. 천
천히 차를 한 모금 마시고는 차분히 앉아 글을 쓰는 소설가의

모습을 상상하기란 쉬운 일이 아니었다. 고운 한복을 차려입고 시궁창으로 들어가는 꼴이랄까.

둥굴레 티백을 살살 내젓고 있는 그녀를 바라보며 나는 잠시 생각에 잠겼다. 대학원에 진학하면서 뒤늦게 소설을 쓰기 시작했다는 그녀는 자신의 소설에서 한결같이 하나의 테마를 이야기하고 있었다. 방향성 상실. 소설 속 그녀의 주인공들은 두 갈래의 갈림길에 서서 고민하고 아파했다. 1982년생 개띠로 올해 나이 서른셋, 일남 일녀의 둘째, 혈액형은 B형……이화여자대학교 신문방송학과를 졸업하고 한국대 문예창작학과 석사과정에 재학 중이라는 사실까지 나는 내가 알고 있는 그녀에 대한 정보를 하나씩 되새김해보았다.

하지만 그녀에 대한 내 생각은 멀리 뻗어 나가지 못하고 제자리에서 맴돌고 있었다. 값비싼 그녀의 명품가방 때문인지 아니면 가벼운 들썩임에도 날아갈 듯 하늘거리는 그녀의 시폰 원피스 때문인지 나는 확신할 수 없었다. 사실 그 어떤 변명을 생각해내더라도 그 모든 것이 단 하나의 이유로 수렴되고 있었다. 스타팰리스. 63빌딩보다 높다는 그 아파트 말고 그녀에게서 떠오르는 이미지는 없었다.

학교엔 자주 나가세요?

그녀는 찻잔을 두 손으로 살포시 감싸며 대답했다.

월요일하고 화요일에만 가요.

덧붙여진 그녀의 대답에 따르면 한 학기에 수업 세 개, 총 아홉 시간이었다.

그럼 학교에 가지 않는 날에는 뭐 하세요?

글을 쓰지요.

하루 종일 글 쓰진 않으실 거 아니에요?

책도 읽고 신문도 보고 친구들도 만나고……

소설 쓰는 일을 제외하고 그녀의 일상은 강남에서 흔히 볼 수 있는 젊은 엄마들의 하루와 다르지 않았다. 남편과 아이를 각각 일터와 유치원으로 보내놓고 문화센터에서 시와 유화를 배우고 날씨가 좋은 날에는 차를 몰고 남한산성이나 양평에 가서 식사를 하는 삶. 남편과 돌볼 아이가 없다는 점에서 그녀의 삶은 그들보다 훨씬 더 자유롭고 여유가 있었다.

소설은, 왜 쓰시는 거예요?

전업 작가란 타이틀을 붙여주기에 그녀의 피부는 지나치게 맑고 깨끗했다. 작가는 늙지 않고 삭는다고 하지 않던가. 돈을 얼마나 쏟아부어야만 저런 피부 톤을 가질 수 있는 걸까. 나는 짓궂은 궁금증이 발동했다.

소설을 왜 쓰냐고요?

질문의 의도를 파악하려는 듯 그녀는 내 눈을 오래 응시했다.

……결핍 때문에요.

번번이 그녀는 내 예상을 깨트리고 있었다. 글과는 무관한 그녀의 관상에서부터 그녀가 쓴 방향성 상실의 소설, 그리고 지금 그녀가 말하고 있는 문학적 기원까지.

결핍이요?

순진무구한 얼굴로 그녀가 글 쓰는 게 좋아서요 라고 말했더라면 어땠을까. 그랬다면 일은 한결 수월하게 진행되었을 거였다. 그녀가 결혼시장에서 잘 팔리는 단아하고 지적인 이미지를 얻으려는 것이든 자신의 지적 허영심을 채우기 위한 것이든 나는 그녀를 '예술지상주의 글쟁이'로 포장하면 그만이었다. 그녀는 단 한 번도 글을 써서 번 돈으로 생계를 유지한 적이 없었다. 먹고 살기 위해 글을 쓴 적도 없었다. 학원에 나가 학생들을 가르친 일도 대필 작가로 활동한 일도 없었다. 이모 친구의 아들에게 논술 지도를 한 적이 있지만, 그때에도 돈 대신 작은 펜던트가 달린 목걸이를 받았다고 그녀는 이야기했다. 그녀에게 글은 돈을 버는 수단이 아니었다. 그저 '글' 그 자체로서 기능하고 존재했다. 그녀가 스타펠리스에 산다는 것은 문학을 대하는 그녀의 태도가 순수하다는 것을 증명하는 가장 확실한 증거였다. 선교사가 되기 위해 신학대학원에 진학했었다는 그녀의 이력 또한 그녀의 '순수' 이미지를 뒷받침해주고 있었다. 신자유주의 시대에 돈에 태연할 수 있는 사람이 몇이나 될까. 경쟁에 밀려 루저의 삶을 살아야 하는 사람들에게 필요한 것은 희망이나 위로가 아니었다. 그런 것은 괜한 기대만 심어주어 결국엔 더 큰 상처와 절망만을 안겨줄 뿐이었다. 자발적 실패와 자기만족. 일이 년을 고스란히 바쳐 장편소설을 완성하고도 달랑 일이천 만원을 버는 가난한 소설가만이 줄 수 있는 값비싼 메시지였다. 그런 의미에서 그녀 만큼 예술가의 삶을 여실히 살아내는 작가는 없었다. 하지만 지금 그녀는 '결핍'에 대해 이야기하고 있었다. 그건 내가 고안해낸 그녀의 '완전무결한 상태의 순수성'에 흠집을 내는 일이었다. 그녀에게 결핍이 있어서는 안 되었다. 그녀는 풍요롭고 여유로워야만 했다.

아, 그러세요.

나는 고개를 가볍게 끄덕이고는 무릎에 올려놓았던 파일을 덮었다. 그녀는 고객으로 나는 그녀를 파는 이미지 컨설턴트로 고스란히 남아 있어야만 했다. 그녀의 내면 따위에는 일체 관심을 두고 싶지 않았다. 그녀와 나 사이에 테이블이 놓여 있다는 걸 나는 다행이라고 생각했다. 팔을 길게 뻗어도 닿을 수 없는 거리에 명품 가방을 들고 쉬폰 원피스를 입은 그녀가 앉아 있었다.

제가 결핍이 없을 거라고 사람들이 생각하는 게, 제 결핍이에요.

아무런 표정을 읽어낼 수 없던 그녀의 얼굴에 미세한 변화가 일었다. '소설 쓰는' 김은정을 운운하던 때처럼 그녀의 작은 눈은 종이에 베어 손가락에 난 상처처럼 가늘지만 날카로운 느낌을 물씬 풍겼다. 소설가가 아닌 '인간' 김은정이 그녀 밖으로 모습을 드러낸 것이었다. 문득 그녀가 습작기에 쓴 「오늘의 봉봉초콜릿」의 한 구절이 머릿속에 떠올랐다.

　행복이 자기만족에서 오는 것이라면 불행은 타인의 인정에서 비롯되는 것일까.

　주인공 민경은 스물다섯이라는 어린 나이에 맞선으로 만난 남자와 결혼한다. 하지만 아버지가 운영하던 회사가 어려워지면서 남편과의 불화가 심해지고 결국 집으로 다시 돌아온다. 빈농의 아들로 태어나 자수성가한 아버지는 이혼으로 힘들어하는 딸을 이해하지 못한다. 혼인신고도 안 했는데 네가 무슨 이혼녀냐. 넌 처녀야 처녀! 아버지의 꾸짖음에 민경은 거세게 항변한다. 기록이 남지 않는다고 결혼하지 않은 것은 아니잖아요. 흉터가 없다고 상처가 없는 것은 아니라고 소리치고 싶은 마음을 억누른 채 그녀는 절망한다. 루저라고 비난해도 좋으니까 실패를 인정받고 싶다는 민경에게 아버지는 매몰차게 딱 잘라 말한다. 그까짓 걸로 힘들다고 유세하지 마라. 네가 부족한 게 뭐가 있다고……. 내가 민경에게서 그녀의 모습을 발견한 것처럼 그녀 역시 나를 통해 자신의 아버지를 보고 있을까. 오래전부터 그 자리를 지키고 있는 단호하고 굳건한 세계를.

태어날 때부터 세상은 이미 풍요로웠고 자신의 자리는 남아 있지 않았다. 자신은 가난했지만 가난을 경험해본 적은 없었다. 민경은 비난도 변명도 할 수 없었다. 모른다는 말, 내가 당신을 모르고 당신이 나를 모른다는 그 말만 입안에 맴돌았다. 이쪽과 저쪽 모두에 속해 있는 민경은 양쪽을 오가며 힘겨운 혼자만의 싸움을 시작할 수밖에 없었다.

민경은 반죽을 초콜릿에 담갔다가 건지기를 여러 번 반복했다. 키어시 포인트는 밝은 갈색빛을 내다가 초콜릿이 덧씌워질수록 점점 어두워졌다. 그 안에 무엇이 있는지 알 수 없을 정도로 두꺼워졌다.

풍요 속 빈곤. 이런 상투적인 표현으로 그녀는 좁은 틀 안에 자신을 가두고 싶지 않은 듯했다. 결핍이 없을 거라고 사람들이 생각하는 게, 제 결핍이에요. 이 말을 끝으로 그녀는 입을 꽉 다물고 있었다. 더 이상 나와 대화하고 싶지 않다는 투였다. 자신을 이해하지 못하는 컨설턴트와 무슨 일을 하겠냐는 항의의 표현인 것 같기도 했다. 그녀는 어느새 아무런 표정을 읽어낼 수 없는 얼굴로 돌아와 있었다. 그녀가 계약을 파기할지 모른다는 생각에 갑자기 나는 불안해졌다.

그 마음, 저도 잘 알아요.

지금 이 순간 나는 이태원동에 위치한 THE Image Consulting의 경력 8년 차 김 대리였다. 신림동 반지하 월세방에서 일 나간 엄마를 기다리다 지쳐 잠들던 꼬마 울보가 아니었다.

사람들은 얼굴이 예쁘면 인기가 많은 줄 안다니까요. 저 남자친구 없어요. 주변에 좋은 사람 있으면 소개 좀 해주세요.

나는 그녀를 향해 방긋 웃었다. 그녀는 삼백만 원짜리 고객이었다. 언론 노출 빈도와 청탁 건수에 따라 최대 이백오십만 원까지 인센티브가 붙을 수 있었다.

넌 사람이 돈으로 보이냐?

남자친구와 헤어지기 한 달 전쯤이었다. 그는 내게 따지듯 물었다. 대학 선배에게 한우를 얻어먹은 것이 화근이었다. 일명 '고기 오빠'로 불렸던 그 선배는 내가 한우가 먹고 싶을 때마다 불러내는 압구정동에 위치한 고급 한정식집 장남이었다. 부자 부모를 둔 넌 몰라. 싸움에서 밀릴 때마다 최후의 무기 삼아 내가 내뱉던 말이었다. 이쯤 되면 그는 알아서 한발 물러서곤 했다. 교회 오빠에게 구두를 선물 받았을 때도 영어회화 학원 친구에게 생일선물로 명품 지갑을 받았을 때도 이 말 한마디에 남자친구는 한숨을 길게 내쉬곤 내 손을 꽉 잡았다. 이제 그만 좀 해. 사람 맘 이용해서 돈 뜯어내는 게 좋아? 남자친구의 목에 선 핏대가 유난히 파래 보였다. 평소와 다른 그의 반응에 놀란 나는 애써 태연한 척 목소리를 낮게 깔았다. 운 좋게 잘난 부모 만나서 공짜로 받은 거잖아. 그걸 나눠 쓰자는 건데 뭐가 잘못이야? 그는 내 눈을 똑바로 쳐다보며 되물었다. 니가 그렇게 내세우는 잘난 니 상판은, 니 노력으로 얻은 거냐. 수백만 원을 들여 성형수술을 하고 피부 관리를 받아도 못 생기게 태어났으면 절대 아름다워질 수 없다는 '원판 불변의 법칙.' 내가 입버릇처럼 못생긴 남자친구를 상대로 자랑삼아 하던 말이었다. 그걸 그가 역으로 되받아친 것이었다. 부유한 부모 밑에서 태어난 자신처럼 나 역시 부모로부터 아름다운 얼굴을 물려받은 것일 뿐이라고 그는 말하고 있었다. 그의 눈에 비친 나는 값비싼 유산을 전속력으로 탕진하는 중이었다. 그가 나에게 쓴 돈의 액수만큼 나의 외모가 갑작스레 가난해지는 기분이 들었다. 그때 느꼈던 당혹감과 모멸감이 되살아나 생마늘을 씹은 것처럼 나는 입안이 쌉싸래했다. 그와 닮은 그녀에게, 당신의 마음을 이해한다는 말을 내 입으로 할 날이 있을 거라곤 상상도 하지 못했다. 그를 이해하려고 조금이라도 노력했더라면, 나는 안 좋은 기억을 털어내듯 두어 번 헛기침을 토해냈다. 일 년도 더 지난 일이었다.

선악과 빈부의 이분법을 묘하게 뒤트는 설정이라…… 흥미로운데요.

혼란스러운 마음에 파일을 뒤적거리던 나는 그녀의 데뷔작인 「안젤라가 있던 자리」에 대한 심사평을 가리키며 말했다. '두 명의 안젤라를 통해 발생하는 아이러니, 선악과 빈부의 이분법을 묘하게 뒤트는 설정, 가족 내의 균열을 파고드는 미세 권력에 대한 통찰 등이 돋보였다.' 2012년 계간『또 하나의 문학』신인문학상에서 심사를 맡은 사람은 소설가 권여숙과 평론가 이경준이었다. 권여숙이라면 이상문학상과 오영수문학상을 수상한, 내가 만든 작가 이미지맵의 한 자리를 차지하고 있는 중견 소설가였다. 그녀에 대한 이미지 기획서는 'RENEWAL' 폴더의 맨 처음에 저장되어 있었다.

이경준 씨는 작년에 젊은 평론가상 받으신 분이죠?

나는 지난밤 인터넷으로 검색한 결과를 자연스럽게 읊어댔다. 그녀에게 나는 당신에 대해 많이 알고 잘 이해하고 있습니다, 라는 인상을 심어주고 싶었다. 시선을 찻잔에 고정하고 있던 그녀가 고개를 들어 내 얼굴을 쳐다보았다. 나는 기회를 놓칠세라 다시 말을 꺼냈다.

선악과 빈부의 이분법을 뒤트는 설정이라면 아이러니를 말하는 건가요?

그녀가 말없이 내 앞에 놓여 있던 파일을 자기 쪽으로 끌어당겼다. 그녀의 손이 빠르게 움직이기 시작했다. 파일이 다시 내 앞에 놓였을 때는 조선족 이진봉이 한국에서 팔십 세 노인의 고독사 현장을 치우고 있었다.

그의 머릿속에 자식들이 모두 떠난 빈집에서 혼자 죽어가고 있는 아버지의 모습이 그려지기 시작했다. 하지만 그 상상은 오래 가지 못했다. 이미 자신의 눈앞에 펼쳐져 있다는 사실을 깨달은 것이었다. 썩고 뭉그러진 한 구의 주검. 그리고 그 옆에 그에게서 살을 도려내고 귀를 떼어내고 머리카락을 다 뽑아버린 다음 그 몸에서 태어난 어린 생명까지 모조리 죽이고 있는 자신이 있었다. 그는 들고 있던 전화기를 떨어뜨렸다. 뭉그러진 지방과 머리카락 사이로 빠져드는 전화를 따라 알루미늄 통속으로 손을 집어넣다 말고 화들짝 놀라 상체를 일으켰다. 중국인도 한국인도 아닌 중국에 사는 조선족으로 살아온 것이 삼십오 년이었다. 아버지와 할아버지의 삶까지 합한다면 백 년이 넘었다. 그가 의지할 데라고는 이십 평 남짓한 작은 고향 집밖에 없었다. 하지만 이제 그는 유하로 돌아갈 수 없었다. 그렇다고 한국에 계속 머무를 수도 없었다. 그는 들고 있던 뜰채를 바닥에 집어 던지고는 벌떡 일어났다.

며칠 전 저녁 식사를 하면서 읽은 「죽은 개의 식사시간」이었다. 하필 그날의 메뉴가 선지 해장국이어서 주인공이 뜰채로 시체에서 나온 분비물을 떠내는 장면이 나올 때마다 속이 메스꺼웠었던 기억이 났다. 진봉은 한국인들이 하기 꺼리는 고독사 현장에서 주검을 치우는 일을 하며 힘겹게 살아가는 불법체류 이주 노동자다. 돈을 벌기 위해 한국행을 택한 그는 고향에 홀로 아버지를 남겨 두고 온다. 아버지의 죽음으로 결국 그는 고독사의 피해자이면서 동시에 가해자의 입장에 처하게 된다. 그뿐 아니다. 조선족인 그는 중국에서는 한국인으로 한국에서는 중국인으로 취급받는다. 어느 한쪽에도 완전히 속할 수 없는 '영원한 이방인'인 그는 타인의 죽음으로 생계를 이어가는 삶을 살아감으로써 인생의 아이러니를 완성한다. 그녀가 펼쳐준 소설의 한 단락을 읽는 데 삼십 초면 충분했다. 눈으로 쓱 훑고 나서 나는 그녀를 흘깃 쳐다보았다. 그녀는 여전히 내 앞에 놓인 자신의 소설에 시선을 두고 있었다. 아이러니가 자신의 작품세계를 관통하고 있다는 걸 온몸으로 보여주고 있는 듯 했다. 나는 고개를 끄덕이며 그녀의 생각에 동의한다는 제스처를 취했다. 물론 스타팰리스에 사는 그녀가 구로공단 쪽방에서 삶의 밑바닥을 긁고 있는 조선족의 삶을 온전히 이해할 수 있을 거라고는 생각하지 않았다.

합평 시간에 욕을 많이 먹었지요. 제가 할 수 있는 얘기가 아니라고.

그녀는 역시 소설가였다. 어디까지 진실이고 어디까지가 허구인지 알고 있는 눈치였다. 나는 그녀를 향해 머쓱하게 웃어 보였다. 긍정도 부정도 아닌 애매모호한 미소였다. 그런 나의 태도에 대해 그녀는 별다른 반응을 보이지 않았다. 나와 같은 생각을 가진 사람들을 꽤 많이 접해본 모양이었다. 이번에도 그녀는 말없이 파일을 자기 쪽으로 끌어간 다음 무언가를 찾아내 다시 내 앞으로 내밀었다. 예수를 배신한 유다의 이야기를 모티프로 한 「오디션의 달인」이라는 작품이었다.

남자는 자신이 지목해야 할 사람에 대한 생각으로 머리가 복잡했다. 그들과 함께 지내는 몇 년 동안 남자는 자신이 그들 가운데 한 명을 지목해야 한다는 것을 알지 못했다. 배신자의 존재도 불과 몇 분 전에야 알게 되었다. 하지만 남자가 알기 전부터 모든 것은 정해져 있었다. 어쩌면 배신자가 누구인지 정해지기 전부터 누군가는 그의 자리에 있었을 것이다. 남자가 망설인다고 해서 달라질 것은 없었다. 그것은 남자의 영역 밖이었다. 남자는 물끄러미 배신자를 바라보았다. 그는 금방이라도 울음을 터트릴 것 같은 얼굴을 하고 있었다. 남자는 자신의 무력함에 화가 치밀어 올랐다. 이번이 그와의 마지막 저녁 식사였다. 무슨 행동이든 해야 했지만 아무것도 할 수 없었다. 남자는 자신도 모르게 손에 힘을 주어 잔을 깨고 말았다. 남자의 손에서 포도주와 같은 적갈색의 피가 흘러나왔다.

사람은 각자 자신만의 역할이 있다고 생각해요.

낮게 가라앉은 목소리였다. 나는 고개를 들어 그녀를 바라보았다. 그녀는 사뭇 비장한 얼굴로 허리를 꼿꼿이 세우고 앉아 있었다. 그녀는 자신을 예수라고 말하는 것일까. 아니면 유다라고 말하고 있는 것일까. 나는 마음속으로 예수 쪽에 한 표를 던지고 있었다. S대 출신의 부모와 오빠, 스타팰리스 거주,

명문여대 졸업에 단아한 외모와 온순한 성격 등 결혼정보회사 기준으로 일등급인 그녀에게 어울리는 배역은 은화 30전에 스승을 판 가난한 제자가 아니었다.

신의 아들이든 배신자든 그게 무엇인지는 중요하지 않아요. 태어날 때부터 그 역할이 미리 정해져 있다는 게 중요한 거죠. 기독교에서는 소명, 불교에서는 업보, 점집에 찾아가면 무당들이 타고난 사주라고 말하는 그런 거 말이에요. 늘 고민이었어요. 내가 왜 태어났을까. 왜 살아야 하는 걸까. 작가가 된 후엔 내가 왜 글을 써야 하는 걸까…….

그녀가 찻잔을 들어 한 모금 마시고 나서 다시 말을 이었다.

부처가 출가하기 전에 왕자였던 이유가 뭐라고 생각해요? 신의 아들인 예수가 목수가 될 수밖에 없었던 이유 말이에요.

그녀가 들고 온 가방을 툭툭 치며 말했다.

반지하 월세방에 사는 사람이 샤넬 이거 별거 아니라고 말하면 사람들이 뭐라고 할까요.

나는 묵묵히 그녀가 하는 말을 듣고만 있었다.

자기가 못 사니까 그렇게 얘기하는 거라고 하겠죠. 시기나 질투 같은 거라고. 그런데 만약 샤넬백보다 훨씬 더 비싼, 그러니까 하나에 이삼천 하는 에르메스를 가진 사람이 그런 말을 한다면?

그녀는 내게 생각할 시간을 주는 것처럼 한 박자 쉬었다.

샤넬은 별거 아닌 게 되는 거예요. 그러면 사람들이 샤넬을 거들떠나 볼까요.

샤넬 대신 에르메스를 사고 싶어 하겠죠.

내 말에는 빈정대는 투가 짙게 묻어나 있었다.

내가 바라는 게 바로 그거예요.

이 말이 내 입에서 나오기만을 기다렸다는 듯 그녀는 격양된 어조로 말했다.

에르메스! 한 차원 높은 단계의 목표가 생기는 거죠. 명품이나 돈, 물질이 아닌 그 무엇! 그러니까 제 역할은 바로 돈이 많은데 불행한 사람이에요. 절 보고 사람들이 돈도 별거 아니구나, 행복의 조건은 돈이 아닌 그 무엇이구나 하고 느끼게 되는 거죠. 그것이 무엇인지를 깨닫는 건 사람들 각자의 몫이겠지만요.

나는 소파에 비스듬히 기대어 있던 자세를 고쳐 앉았다. 그녀의 말을 내가 제대로 이해하고 있는지 확신할 수가 없었다. 지금 그녀는 자신의 역할이 불행하게 사는 것이라고 말하고 있는 것일까. 지난 일주일 동안 읽었던 그녀의 소설을 나는 하나씩 떠올려보았다. 방향성 상실과 아이러니. 그녀의 작품세계를 특징짓는 두 개의 키워드가 조금 이해가 될 것도 같았다. 그녀는 다른 사람들과는 정반대 방향의 삶을 지향하고 있었다. 행복에서 불행으로 역행하는 삶. 그건 스타팰리스가 싫어서 반지하 월세 방으로 가겠다고 우기는 것과 같은 행동이었다. 부처가 살고 예수가 죽어간 길을 그녀 또한 걷고 싶다는 뜻일까. 흡사 그녀는 순교자로서 자신의 운명을 결심한 것처럼 보였다. 그녀가 왜 그런 생각을 하게 된 것인지 나는 묻지 않았다. 그녀가 그 길을 계속 걸어갈 수 있을지도 궁금하지 않았다. 그녀와의 대화를 통해 이미 나는 원하는 것을 얻었기 때문이었다. 나는 그녀에게 다짐을 받아내듯 물었다.

그러니까 불행을 자랑하고 싶다는 거죠?

내 말에 그녀가 재미난 농담을 들은 것처럼 활짝 웃었다. 헤엄쳐 한강을 건넌 것이냐고 내가 물었을 때 보였던 해맑은 그 웃음이었다. 처음에는 거북스럽게 느껴지던 그 밝음이 이제는 내 마음을 편하게 해주고 있었다. 그녀의 말대로 사람에게 각자 주어진 역할이 있다면 나는 이미지 컨설턴트로서 그녀의 불행을 극대화하고 그걸 홍보해야 할 의무가 있었다.

한 시간여의 상담을 끝내고 나는 출판사와 언론사에 배포할 보도 자료를 작성하기 시작했다. 제목은 '2014년, 불행의 New Icon.' 이제까지 문학은 약육강식이라는 현실의 논리에서 벗어난 가난하고 소외받은 사람들이 중심을 이루었다. 그들이 작품 속에서 주인공이 되고 그들을 만드는 작가가 되었다. 하지만 그 패러다임이 하나의 이데올로기로 작동하면서 역차별이 만연하게 되었다. 마음이 가난한 사람들이 소외받게 된 것이다. 성경에 부자가 천국에 들어가는 것은 낙타가 바늘구멍을 통과하기보다 어렵다는 비유가 있다. 그렇다면 부자는 이천여 년 동안 지옥에 간다는 저주를 받아온 셈이다. 영혼의 아픔이 물질의 궁핍함보다 덜 고통스럽다고 말할 수 있을까. 그녀가 신학대학원을 다니던 시절 교수와 나누었던 대화를 인용하며 나는 물질 만능주의로 오염된 문단의 아이러니를 꼬집었다. 빈익빈 부익부 현상이 심화될수록 스타팰리스에 사는 소설가 김은정의 삶은 불행을 향해 질주한다. 물론 '불행을 자랑하고 싶은' 그녀는 그 불행을 극복하는 것이 아니라 향유한다는 점에서 '불행의 아이러니'는 완성된다. 마지막으로 나는 소설가 김은정이 김시습과 이상에 이어 생존해 있는 강릉김씨 40세손 소설가라는 사실을 덧붙이는 걸 잊지 않았다. 출판사 편집자와 평론가, 기자 들은 '폭력과 불의로 그늘진 시대에 태어나 기성 문단의 주류적 흐름을 거부하며 독자적인 길을 걸었다'는 천재 작가의 평행이론과 함께 '비주류의 비주류' '문단의 이단아'라는 그녀의 이름 앞에 붙은 수식어를 기억하게 될 것이었다.

하지만 자료를 다 작성하고 나서 나는 고민에 빠졌다. 이번 프로젝트가 성공한다는 것은 그녀의 작품세계가 사람들에게 공감을 얻는다는 걸 의미했다. 그런데 그게 말이 되는 걸까. 그녀의 소설은 타인에게 이해받지 못한다는 절망에서 시작하는 것이었다. 외면과 무관심 속에서 그녀의 불행은 점점 완전해져 갔다. 그녀는 한결같이 불행해야만 했다. 그래야 소설가로서 진정성을 인정받을 수 있었다. 또 하나의 아이러니가 그녀를 가로막고 있었다.

한여름의 폭염이 기승을 부리는 오후 두 시.

나는 메일 발송 버튼을 눌렀다. '2014년, 불행의 New Icon'이라는 제목의 홍보 자료를 첨부한 단체 메일이었다. 그녀의 먼 미래를 걱정하기엔 백화점 세일기간이 너무 짧았다. 내 휴대폰 메모에는 사고 싶은 물건이 열 개도 넘게 적혀 있었다.

일 년이 지났다.

스팸메일로 가득한 메일함에서 나는 익숙한 이름 하나를 발견했다. 김은정. 이미지 컨설턴트로 활동하는 십 년 동안 그녀는 내 유일한 실패작이었다. 오십여 군데가 넘는 출판사와 언론사에 그녀에 대한 홍보자료를 보냈지만, 어느 한 곳에서도 연락이 오지 않았다. 참담한 결과에 나는 당혹감을 감출 수 없었다. 얼굴이 잔뜩 굳은 나를 보고 그녀는 담담하게 말했다. 다행이에요. 이젠 용기를 낼 수 있을 것 같아요. 나는 그녀가 보낸 메일을 열었다. 한 편의 소설이 첨부되어 있었다. 제목은 '홍보용 소설.' 거기에는 내가 예전에 작성했던 홍보 자료의 내용이 그대로 담겨져 있었다. 다만 내가 아닌 그녀가, 보도 자료가 아닌 소설의 형식을 빌려 김은정의 이야기를 하고 있다는 점이 다를 뿐이었다.

소설가 김은정이 쓴 김은정에 관한 소설.

나는 그 메일을 삭제했다. 짧은 효과음과 함께 그녀의 '홍보용 소설'이 휴지통에 버려졌다. 이제 더 이상 나는 그녀의 이미지 컨설턴트가 아니었다. 그래서 나는 소설가로서 그녀가 성공하기를 진심으로 바랄 수 있었다. 그녀의 불행을 응원하는 마음으로 나는 이 소설을 읽은 사람이 나 말고는 단 한 명도 없길 기도했다. 작가는 작품으로 말해야 한다는 것조차 그녀에게는 사치로 보이길 바라면서.

안젤라가 있던 자리

안젤라가 있던 자리

 벨을 세 번 누른 다음이었다. 현관문이 살짝 열리면서 까무 잡잡한 얼굴이 나타났다. 여자는 자신의 휴식을 방해받은 것 이 못내 불쾌한 듯 나를 한 번 흘겨보았다. 그리고는 내 여행 가방을 낚아채 안으로 들어갔다. 얼떨떨한 표정으로 나는 여 자의 뒤를 말없이 쫓아갔다.

 소파에 앉은 여자는 잡지를 펼쳐 들었다. 옆에 내가 있다는 사실을 잊어버린 듯 그 모습이 편안해보였다.

 "저기요……."

 나는 여자에게 조심스레 말을 건넸다. 여자가 내 쪽으로 고 개를 돌렸다. 여자의 시선을 놓칠세라 서둘러 말을 이었다.

 "실례지만, 박상원 씨와는 어떤 관계세요?"

나는 여자가 누구인지 궁금했다. 왜 이 집에 있는지, 여기에서 무엇을 하고 있는 것인지 알고 싶었다. 내 물음에 여자는 눈을 내리깔았다. 대답을 회피하는 걸까. 나는 끈질기게 그녀를 물고 늘어졌다. 어떤 관계시냐고요. 여자는 여전히 한곳만 응시하고 있었다. 그곳으로 나도 시선을 옮겼다. 흙이었다. 대리석으로 된 거실 바닥에 흙이 조금 떨어져 있었다. 나는 여자의 눈치를 살폈다. 나보고 어쩌라는 것인지 짐작할 수 없었다. 의아하게 생각하는 것도 잠깐이었다. 나는 그 흙이 내 트렁크 바퀴에서 떨어졌다는 걸 알아차렸다. 여자는 말이 없었다. 다만 여자의 시선이 그 흙에 고정되어 있을 뿐이었다. 결국, 나는 불편한 침묵을 깨고 자리에서 일어났다. 그리고 손으로 흙을 쓸어 담았다. 그 모습을 바라보고 있던 여자가 손가락으로 내 뒤쪽을 가리켰다. 나는 두 손을 모아들고 조심스럽게 화장실로 향했다. 화장실에서 나와 보니 여자는 아무 일 없었다는 듯 다시 잡지를 읽고 있었다. 더러운 흙처럼 내가 환영받지 못한 존재라는 사실을 확인시켜주고 싶었던 것일까. 나는 왠지 모르게 주눅이 들어 더 이상 말을 건넬 수가 없었다.

잠시 후 현관문 쪽에서 인기척이 났다. 문 열리는 소리가 들리고 그다음에 노란색 가방을 멘 아이가 거실에 모습을 드러냈다. 유미야. 나는 아이의 이름을 불렀다. 그러자 아이는 경계심 가득한 눈으로 나를 쳐다보았다. 내가 가까이 다가가자

아이는 여자의 치맛자락을 움켜잡고는 그 뒤로 숨어버렸다. 나는 놀란 아이를 달랠 생각으로 아이에게 말을 건넸다. 고모 야. 고모가 우리 유미 애기일 때 목욕도 시켜주고 그랬는데. 기억 안 나? 마지막으로 본 것이 삼 년 전이었으니까 그때 유 미의 나이 두 살이었다. 유미가 나를 기억하지 못하는 것은 당 연했다. 그러니 나도 나를 알아봐주길 바라는 마음에서 말한 것은 아니었다. 다만 나를 홀대했던 여자에게 내가 이 아이의 고모, 그러니까 집주인의 여동생이라는 사실을 알려주고 싶 었다. 그걸 알고 나서 나를 대하는 여자의 태도에 변화가 있기 를 기대했다. 나는 아이에게 조금 더 가까이 다가갔다.

그런데 갑자기 아이가 겁에 질린 표정으로 울음을 터트렸 다. 그러자 여자는 유미를 달래 업고는 나를 지나쳐 안으로 들 어갔다. 나는 두 사람의 뒷모습을 멍하니 바라보았다. 조카에 게 나는 낯설고 불편한, 한마디로 처음 보는 사람이었던 것이 다. 집에 도착한 지 세 시간이 지난 지금까지 옷도 갈아입지 못한 채 자신이 누구인가를 증명하기 위해 애쓰고 있었다. 여 기 이곳이 차라리 필리핀이라면 좋겠다는 생각이 들었다. 그 러면 지금 이 상황을 담담하게 받아들일 수 있을 것 같았다.

"오랜만이네요, 아가씨. 얼굴이 많이 탔네요. 길에서 보면 몰라보겠는데요."

퇴근하고 돌아온 새언니는 나에게 반갑게 인사를 건넸다. 하지만 얼굴에는 지친 기색이 역력했다. 오후 내내 연락하지 못한 것이 내심 신경이 쓰였던지 새언니는 변명 삼아 오늘 자신의 일과를 풀어냈다. 서울 모 대학에서 외국인 유학생들을 대상으로 취업설명회를 진행하고 오는 길이라는 것이었다. 한국으로 유학 온 외국인들은 한국에 대한 이해도가 높기 때문에 기업의 해외 우수 인재 유치에 있어 중요한 타깃이라고 했다. 새언니는 자신이 진행을 책임진 인사팀 팀장이기에 숨 돌릴 틈도 없었다는 걸 덧붙여 말했다. 새언니가 먼저 자신의 곤란했던 처지를 털어놓자 나는 오늘 일에 대해 말할 기회를 잃어버렸다.

"이모랑은 많이 친해졌어요?"

실내복으로 갈아입은 새언니가 저녁상이 차려진 식탁에 앉으며 나에게 말을 건넸다. 필리핀에서 오신 분이라 대화가 잘 통할 거예요. 나는 새언니가 말하는 이모의 존재에 대해 잠시 생각에 잠겼다. 지금 식탁에 앉아 있는 사람은 새언니와 나, 유미, 그리고 유미가 밥 먹는 걸 도와주고 있는 그 여자뿐이었다. 오후 반나절 내내 나와 함께 있으면서 대화 한 마디 나누지 않은 그 여자와, 새언니가 말하는 필리핀에서 온 이모를 동일한 인물로 받아들이는 데에는 시간이 필요했다.

삼 년 전 엄마가 돌아가신 후로 여자는 엄마를 대신해 조카를 돌보는 일을 해오고 있었다. 생활하면서 자연스럽게 영어를 배울 수 있다는 점에서 새언니는 필리핀 베이비시터인 이 여자를 마음에 들어 했다. 하우 알 유 투데이? 나는 유미에게 물었다. 조카의 영어 실력이 궁금해서라기보다는 조카의 대답을 통해 여자와 조카의 관계를 알아낼 수 있을 거란 생각에서였다. 친밀함과 조카의 영어 수준은 함께 상승할 것이었다. 안젤라, 아임 슬리피. 유미는 내 물음을 못 들은 척 두 팔을 여자에게 뻗으며 말했다. 나를 흘끔 쳐다보는 여자의 시선이 느껴졌다. 나는 컵을 들어 물을 마시는 시늉을 하며 붉어진 얼굴을 가렸다. 왜 하필 이름이 같은 거야. 여자의 이름인 안젤라는 내 세례명이기도 했다. 여자가 유미를 안고 화장실로 들어갔다. 칫솔질하는 소리가 들려왔고 잠시 후에 여자에게 안긴 채로 유미가 두 손으로 눈을 비비며 방 안으로 들어갔다. 이모가 없으면 애가 잠을 못 자요. 식탁에 놓인 그릇을 정리하던 새언니가 속삭이듯 말했다. 그 말을 하는 새언니의 표정이 일을 다 마치고 퇴근하는 회사원처럼 후련해보였다.

아침에 눈을 떠 시계를 보니 일곱 시였다. 필리핀에서 여섯 시에 일어나던 버릇이 남아 저절로 잠에서 깬 모양이었다. 나는 이불 위에서 무릎을 꿇고 앉아 두 손을 모았다. 어제는 삼년 전 필리핀에서의 첫날처럼 기나긴 하루였다. 고작 삼 년이란 세월이 지났을 뿐인데도 모든 것이 낯설고 어색했다. 그리고 그 불편한 감정의 중심에는 필리핀 베이비시터가 있었다. 내가 온다는 걸 들었으면서도, 내가 자기 고향인 마닐라에 산다는 걸 알면서도 왜 그렇게 나한테 차갑게 굴었는지 도무지 이해할 수가 없었다. 필리핀에 두고 온 딸아이 생각이 나서 그랬던 것일까. 딸에 대한 그리움을 숨기고 싶었던 것인지도 몰랐다. 내가 근무하는 선교 센터 유치원에도 엄마와 헤어져 사는 아이들이 많았다. 한국이나 홍콩으로 돈 벌러 나간 엄마를 그리워하며 엄마의 사진을 가슴속에 품고 다니는 아이들. 몇 년 전 사진 속 모습으로 서로를 애타게 그리워하고 있을 엄마와 아이들을 생각하니 가슴이 저릿해져 왔다. 나는 아이들의 이름을 하나씩 불러가며 기도를 드렸다. 내가 맡은 스무 명의 미술반 아이들을 위한 기도를 모두 드리고 나니 마음이 한결 가벼웠다. 필리핀 이모와 마주치면 나는 먼저 말을 건네야겠다고 생각했다.

집 안은 조용했다. 이른 아침의 평화로운 분위기라기보다는 육십 평 남짓한 넓은 집에 온기가 없을 때 느껴지는 적막함에 가까웠다. 나는 오빠와 새언니의 침실을 기웃거렸다. 오빠는 어제 자정이 넘도록 들어오지 않아 얼굴도 보지 못했다. 삼 년 전, 엄마가 새벽 미사를 다녀오는 길에 음주 운전 차량에 치여 돌아가신 후로 오빠는 내 유일한 혈육이었다. 오빠. 나는 조용히 오빠를 불렀다. 인기척이 느껴지지 않았다.

그때였다. 부엌에서 삑삑 하는 소리가 났다. 냉장고 문이 오래 열려 있을 때 울리는, 일종의 경보음이었다. 나는 걸음을 재촉해 부엌으로 향했다. 새언니가 식사 준비를 하고 있을지도 모른다는 생각이 들었다. 부엌 안쪽에 작은 다용도실이 붙어 있는데 그곳에 있었다면 아까 거실을 지나오면서 보지 못했을 수도 있었다. 다용도실에는 싱크대와 가스레인지가 하나씩 더 있었다. 어제 저녁 식사를 마치고 그곳에서 새언니와 함께 설거지한 기억이 났다.

소리의 주인공은 새언니가 아니었다. 잠옷 차림의 이모가 냉장고 문을 열고 안을 들여다보고 있었다. 냉장고는 냉장실과 냉동실이 좌우로 나뉜 양문형이었는데 이모는 두 개의 문을 모두 활짝 열고 있었다. 부엌은 냉장고가 내는 요란한 기계음으로 시끄러웠다. 무엇을 찾기에 이리 오랜 시간 냉장고를 붙들고 있는지 궁금한 생각이 들어 나는 가까이 다가갔다.

내 눈에 비친 이모는 무언가를 찾는 사람 같아 보이진 않았다. 이모는 명상하는 사람처럼 두 눈을 감고서는 숨을 크게 들이쉬었다가 내쉬기를 반복하고 있었다. 굿모닝. 나는 웃으며 이모에게 아침 인사를 건넸다. 그러자 이모는 황급히 냉장고 문을 닫고는 방으로 들어가 버렸다. 그 몸놀림이 얼마나 빨랐는지 미처 주인을 따라가지 못한 슬리퍼 한 짝이 식탁 의자 옆에 뒤집혀 있었다. 이모에게 아침 인사를 건넸다는 성취감을 느낄 새도 없이 나는 이모의 알 수 없는 행동 때문에 기분이 다시 가라앉았다.

허탈한 마음으로 나는 식탁 의자에 털썩 앉았다. 그때 테이블 가운데 놓여 있는 하얀 메모지가 눈에 띄었다. 혜진아! 굿모닝! 좋은 하루 보내라. 급히 갈겨쓴 듯한 느낌의 메모였다. 오빠가 출근하면서 남긴 모양이었다. 나는 집이 적막하게 느껴졌던 이유를 알 것 같았다. 내 유일한 혈육인 오빠는 하루가 다 지나가도록 얼굴 구경한 적 없고 하나밖에 없는 조카는 나를 기억하지 못하고, 그리고 내가 소명을 갖고 헌신하고 있는 필리핀에서 온 이모는 나를 본체만체하고 있었다.

나는 속으로 주의 기도를 외웠다. 마음이 어려울 때마다 해오던 습관이었다.

그런데 기도를 한 다음에도 마음은 여전히 어두웠다. 한국에 와서 가족과 함께 있는데도 이런 기도를 하게 될 거라고는 상상을 하지 못했다. 힘들고 지칠 때마다 얼마나 그리워했던 가족의 품이었던가. 작년 여름, 말라리아에 걸려 병원에 입원했던 기억이 떠올랐다. 몸이 으스스 추웠다가 갑자기 사십 도 이상으로 열이 나기를 반복했고, 식욕부진에 시달리면서도 억지로 먹은 바나나는 밤새 모두 게워내 버렸다. 선교 센터 동료들이 숙소로 돌아가고 혼자 남은 늦은 밤, 나는 병원 침대에 누워 스탠드 불빛에 가족사진을 비춰보며 객지생활의 외로움을 달랬었다.

그 사진은 엄마가 죽기 한 달 전, 그러니까 내가 필리핀으로 떠나기 세 달 전에 찍은 것이었다. 내가 선교사로 삶을 헌신하기로 결심한 날부터 엄마는 새벽미사에 나가기 시작했고 몇 달 뒤에 교통사고로 생을 마감했다. 마치 내가 포기한 내 삶을 자신의 남은 생을 던져 대신 채워주기라도 하려는 것처럼 엄마의 죽음은 선교사로서의 내 삶과 맞닿아 있었다. 자식 사랑이 유별난 분이었다. 그 내리사랑은 손녀에게까지도 이어졌는데 직장에 나가는 새언니를 대신해 유미를 씻고 먹이고 재우는 엄마의 역할을 죽기 전까지 훌륭하게 해냈다. 나는 유미가 엄마를 잊지 않았기를 바랐다. 엄마는 유미에게 할머니이자 엄마였으니까. 엄마를 기억하지 못하는 자식은 없을 테니까 말이다.

나는 등에서 느껴지는 냉기에 깜짝 놀라 뒤를 돌아봤다. 언제 일어났는지 유미가 냉장고 문을 활짝 열고 그 안에 작은 몸을 들이밀고 있었다. 그 자세로 꽤 오래 있었는지 냉장고 경보음이 울렸다. 삑삑. 삑삑. 신경을 곤두세우게 할 만큼 높고 큰 소리였다. 문득 나는 선교 센터 식당에 있는 냉장고 주변을 어슬렁거리던 아이들의 모습이 떠올랐다. 신부님이 몇 번이나 주의를 주었지만 아이들은 냉장고 문을 열고 시원한 바람

쐬는 재미를 버리지 못했다. 평소에 에어컨을 접해볼 일이 없는 가난한 아이들에게 냉장고만큼 성능 좋은 에어컨도 없었던 것이다. 잇츠 쏘 쿨. 유미가 아직 잠에 잠긴 목소리로 말했다. 나는 유미 옆에서 방긋 미소 짓고 있는 필리핀 이모를 보고는 온몸에 소름이 돋았다. 냉장고에서 뿜어져 나오는 차가운 기운 때문이 아니었다. 나를 놀라게 한 것은 유미의 얼굴에서 필리핀 이모의 표정을 발견했기 때문이었다. 그리고 그 표정은 필리핀 아이들의 것과도 닮아 있었다. 이러면 안 돼. 나는 냉장고 문을 닫으며 꾸짖듯 말했다. 그러자 유미는 지금 당장 울 것 같은 얼굴로 이모의 품으로 달려가 안겼다. 나는 이모의 따가운 시선을 받으며 혼잣말처럼 중얼거렸다. 감기 걸리면 안 되니까 그러지. 유미가 아프면 엄마가 속상해할 거야. 아빠도. 나는 '고모도'라고 덧붙일까 하다가 그만두었다. 이미 두 사람은 방으로 들어가고 부엌에는 나 혼자 남아 있었다.

   나는 오빠가 남기고 간 메모를 소리 내어 읽어보았다. 혜진아! 굿모닝! 좋은 하루 보내라. 오랜만에 들어보는 내 이름이었다. 그동안 참았던 외로움이 울컥하고 한꺼번에 되살아났다. 지난 삼 년 동안 나는 안젤라였다. 필리핀 선교 센터에서는 이름 대신 세례명을 불렀다. 안젤라로 산다는 것은 나 자신을 내려놓고 하느님의 말씀대로 사는 것, 그러니까 순종의 삶을 의미했다. 그동안 잊고 있었던 내 이름 박혜진. 문득 나는 마음껏 울고 웃던 예전의 내 모습이 그리웠다.

나는 자리에서 일어나 냉장고 앞에 섰다. 그리고 냉장고의 양 문을 활짝 열어보았다. 몸에 한기가 들어 뼛속까지 떨리는 기분이 들었다. 한겨울에 이게 무슨 짓이야. 나는 냉장고 문을 닫으며 혼잣말을 내뱉었다. 시끄럽게 울리던 경보음이 사라졌다. 문은 함부로 여는 게 아닌데……. 방으로 돌아와 이불을 덮었는데도 몸은 여전히 미세하게 떨렸다.

오전 내내 내가 한 일이라고는 방 안을 어슬렁거리다가 책장에 꽂혀 있는 책을 꺼내 건성으로 뒤적거리는 일이 전부였다. 다국적기업과 해외투자, 국제노동이동의 경제학, 해외진출 한국기업 디렉터리…… 내 시선을 끄는 책은 없었다. 필리핀이었다면 한창 아이들을 가르치고 있을 시간이었다. 나는 침대에 누워 허공에 대고 칠판에 그림을 그리듯 손가락을 움직였다. 제일 먼저 선교 센터 건물이 세워졌다. 그 위에 십자가가 달리고 그걸 올려다보고 있는 아이들이 나타났다. 나는 애들 손 밑에 작은 원을 그렸다. 봉지 콜라를 받은 아이들의 얼굴에 함박웃음이 가득 차올랐다. 아이들 틈에 끼여 콜라를 마시고 있는 내 모습을 상상하며 나는 침을 삼켰다.

필리핀에서 처음 맛본 봉지 콜라는 김이 빠진 듯 밍밍했다. 봉지에 담겨 있다는 점도 위생적이지 않을 거란 생각이 들어

꺼림칙하기도 했다. 그러던 어느 날, 수업을 마치고 아이들을 집에 데려다주고 돌아오는 길에 한 아이의 어머니와 마주쳤다. 어머니는 연신 고개를 주억거리며 고맙다는 말을 반복했다. 선교 센터에서 제공되는 수업과 식사는 모두 무료였다. 게다가 나와 같은 한국에서 온 선생님들은 월급을 받지 않고 아이들을 가르치고 있다는 것이 주민들 사이에서 널리 알려져 있었다. 어머니는 아이의 선생님을 빈손으로 보내는 것이 못내 마음에 걸렸던지 나에게 봉지 콜라를 사서 건넸다. 그런 어머니의 마음을 거절하지 못했던 나는 그 자리에서 조악한 비닐봉지에 박힌 빨대에 입을 가져갔다. 그런데 콜라의 맛이 이상했다. 내가 알고 있던 봉지 콜라의 맛이 아니었다. 달고 시원한 그 맛. 몇 년이 지난 지금까지 그때의 기억이 또렷하게 남아 있었다. 진짜 봉지 콜라를 마신 것처럼 입안에 침이 고였다.

그때였다. 필리핀 이모의 목소리가 방문 너머에서 들려왔다. 맛탕, 요리하세요. 콜라가 담긴 봉지가 갑자기 터져버린 것처럼 나는 자리에서 벌떡 일어났다. 설마 나에게 하는 소리인가. 문을 열고 밖으로 나갔다.

이모는 보이지 않았다. 나는 주변을 두리번거리다가 부엌으로 발길을 옮겼다. 안쪽에서 물 흐르는 소리가 들렸다. 맛탕을 같이 만들자고, 그러니까 친하게 지내자는 말인가 보라고 생각했다. 고구마를 썻고 있을 이모를 생각하며 다용도실 문을 열었다.

"또 뭐요?"

처음 보는 낯선 사람이었다. 그 사람은 내 쪽으로 고개도 돌리지 않은 채 퉁명스럽게 말을 뱉었다.

"아, 안녕하세요."

나는 당황해서 말을 더듬거렸다. 그곳에 이모가 없다는 사실에 놀랄 새도 없이 그 사람의 눈치를 살폈다. 이모와 비슷한 연배로 사십 대 중반쯤으로 보이는 여자였다. 나는 서둘러 말을 덧붙였다.

"유미 고모예요. 안녕하세요."

내 소개를 들은 여자가 인상을 찌푸렸다. 귀찮음이 잔뜩 묻어나는 표정이었다.

"어제 필리핀에서 왔는데 오늘까지만 있고 내일 선교 교육원으로 옮길 거예요. 한 달 휴가를 받았거든요."

나는 여자가 묻지도 않은 말을 길게 풀어냈다. 또 한 사람의 시선이 나를 밀어낼까 봐 두려웠던 것일까. 내 말을 듣고 여자가 조금 누그러지길 바랐다. 나는 곧 떠날 사람이니까, 앞으로 당신과 얽힐 일이 없는 사람이니까 서로 마음 편하게 지내자는 내 생각이 여자에게 전달되기를 바란 것이었다. 그런데 여자의 얼굴이 처음보다 더 굳어졌다.

"저 나가요. 맛탕, 요리하세요."

이모의 목소리였다. 나는 고개를 돌려 뒤를 바라보았다. 곱게 화장을 한 이모가 어깨에 핸드백을 걸치고 서 있었다. 나는 이모가 입고 있는 모피 코트가 엄마가 새언니에게 사준 것이라는 걸 기억해냈다. 삼 년 전 이맘때였다. 시어머니의 마지막 선물이라며 새언니는 장례식장에서 이 코트를 끌어안고 눈물을 흘렸었다. 나는 엄마의 얼굴이 눈에 아른거렸다.

"참 내, 자기가 이 집 안주인인 줄 안다니까."

현관문 닫히는 소리가 나자마자 도우미 아주머니는 불만을 토해냈다. 맞벌이 부부라고 해서 처음에는 일이 편할 줄 알았다고 아주머니는 말했다. 빈집에 들어와 청소와 빨래를 하고 한두 가지 밑반찬 거리만 만들어 놓으면 될 테니까. 청소하면서 가구에 흠집을 내는지 감시하거나 사소한 부분에 꼬투리를 잡아 간섭할 안주인이 없어 만만하게 본 것도 사실이었다고 했다. 첫 출근을 한 날 아침, 아주머니를 맞이한 사람이 새언니가 아니라 이모였다는 아주머니의 말을 듣는 순간, 나는 어제 내가 느꼈을 당혹감을 아주머니도 느꼈을 거라는 걸 알수 있었다. 그리고 그 뒤에 진행될 이야기도 어렴풋이 짐작할수 있었다.

내가 알아들을 수가 있어야지. 저 양반이 일부러 한국말 안하려고 한다니까. 아주머니는 생각할수록 화가 치민다는 듯 언성을 높이며 말을 계속했다. 이거 해라, 저거 해라, 자기가 뭐라고 나한테 시키는데, 말은 안 통하지 뭐라고 하지도 못하고 정말 답답해서 미치겠더라구. 자기나 나나 남의 집 살림 도와주는 건데, 지가 무슨 내 상전 노릇을 해. 어느새 나와 아주머니는 다용도실 바닥에 앉아 이야기를 나누고 있었다. 나는 내 손을 아주머니의 손에 포개며 고개를 끄덕였다. 어떨 때는 미국말 하나 툭 던질 때도 있어. 뭔 말인가 하고 내가 머뭇거리면 자기가 몸으로 보여주는데, 그 눈빛이 어찌나 차가운지 내가 주눅이 다 든다니까. 한국 땅에서 왜 꼬부랑말은 하고 지랄이야, 지랄은. 꼬부랑말이 유세야. 내가 자신을 이해하고 있다고 생각했는지 아주머니는 이모 흉내까지 내가면서 열심히 하소연을 늘어놓았다. 감정이 듬뿍 섞인 아주머니의 말을 듣고 있으려니 한국에 와 있다는 사실이 실감이 났다. 한국어로 이렇게 길게 대화해본 것은 정말 오랜만이었다. 물론 나는 주로 듣기만 하고 말하는 사람은 아주머니였지만 말이다. 내 눈시울이 붉어지는 걸 발견한 아주머니가 나를 따라 울먹이며 말했다. 사모님한테 말을 해봤지. 그랬더니 조금만 참아달라구, 자기도 시어머니 모신다고 생각하고 살고 있다구. 만 원을 더 준다고 하는데, 내가 그깟 돈 때문이 아니라 사람 정, 그놈의 정 때문에…….

한동안 아주머니와 나는 다용도실 바닥에 앉아 이야기를 더 나누었다. 이모의 생김새, 그러니까 까무잡잡한 피부와 툭 튀어나온 입에 이어 오래 감지 않아 때가 낀 것처럼 시커먼 머리카락에 대해 얘기하고 있을 때였다. 갑자기 나는 선교 센터에 있는 아이들의 얼굴이 떠올랐다. 하루에 한 끼밖에 먹지 못해 허연 버짐이 얼굴 전체에 퍼져 있는 필리핀 아이들. 내 삶이 다할 때까지 사랑으로 섬기겠다고 서원한, 그 불쌍한 아이들을 배신하고 있는 것만 같았다. 그 불편한 느낌이 나를 짓눌렀다. 과연 내게 아이들 앞에서 하느님의 사랑에 대해 말할 자격이 있을까. 한 사람도 가슴으로 품지 못하는데…… 필리핀에 돌아가 아이들을 볼 낯이 없을 것 같았다. 나는 약속이 있는 걸 깜박했다며 급하게 자리에서 일어났다. 그러자 아주머니는 아무 일 없었다는 듯이 물에 씻은 고구마를 도마에 올려놓고 잘랐다.

아주머니의 칼질 소리가 문을 닫은 내 방까지 들려왔다. 나는 시선을 창문 너머 양재천으로 돌렸다. 소리가 삭제된 창밖 풍경은 평화로웠다. 다정하게 손을 잡고 산책하는 노부부, 유모차를 끌고 나온 아기 엄마, 벤치에 나란히 앉아 이야기를 나누고 있는 학생들……. 그들 속으로 조용히 스며들고 싶었다. 하지만 날카로운 칼질 소리는 여전히 나를 쫓아왔다. 나는 도망치듯 서둘러 집을 나섰다.

아파트 뒤에는 양재천이 흐르고 있었다. 땅값이 비싸다는 서울에, 그것도 고층 아파트가 **빽빽**하게 들어서 있는 강남에서 이렇게 가깝게 자연을 접할 수 있다는 사실이 놀라웠다. 그것은 삼십 대 초반의 나이에 투자자문사 대표로서 몇 백억 원을 운용하고 있다는 오빠의 성공을 말해주고 있는지도 몰랐다. 내가 머물고 있는 오빠의 서재에서는 테헤란로로 향하는 도로와 양재천 산책로가 모두 보였다. 자연과 도시를 함께 누린다는 것은 과거에 대한 만족감과 앞으로 살아갈 날들에 대한 기대를 의미하는 것일까. 양재천을 따라 난 산책로를 걸으며 나는 삼 년 전 내린 결정에 대해 생각했다.

필리핀으로 선교하러 갈 것이라는 결심을 밝혔을 때였다. 한국에도 불쌍한 사람들이 많다, 굳이 멀리까지 안 가도 하느님의 종으로서 헌신할 수 있다, 남편이 죽고 없는 이 세상에서 의지할 거라곤 자식밖에 없다, 하고 엄마는 나를 단념시키려 하였다.

"순종의 이름으로 하느님 앞에 딸을 내려놓으세요."

그러면 두려움과 걱정에서 자유로워질 거라고 나는 덧붙여 말했다. 그때 엄마는 이렇게 대꾸했다. 이것도 욕심이고 탐욕이란 말이니. 내 자식을 내 품에 품고 싶다는 이 마음이……. 엄마는 끝내 말을 잇지 못하고 눈물을 흘렸다.

엄마의 눈물을 외면하고 떠나온 땅이었다. 다니던 직장을 그만두고 선교 교육원에 들어와 하느님의 순결한 신부가 되어 필리핀으로 떠난 사람이 바로 나 자신이었다. 모든 것을 포기하고 떠나온 한국 땅이었는데 이곳에 내 자리가 없다는 사실을 받아들이기 힘들었다. 그 자리는 항상 비어있을 것이라고 생각했던 모양이었다. 내 자리니까. 내가 원하면 언제든지 돌아갈 수 있다고 믿었던 것이다.

양재천에서 불어오는 바람은 차고 건조했다. 삼 년간 필리핀 기후에 맞춰진 내 몸은 한국의 겨울이 유독 춥게 느껴졌다. 일부러 선교 센터에서 휴가기간을 겨울에 맞춘 것은 아닐까 괜한 의심이 들었다. 몸이 점점 움츠러들었다. 나는 발길을 집으로 돌렸다. 마음까지 차갑게 식고 싶지 않았다.

삐이익. 삐이익……

출입카드를 리더기에 대자 갑자기 경보음이 울려대기 시작했다. 당황한 나는 카드를 서둘러 뗐지만 소리는 한동안 요란스럽게 울려댔다. 출입문 옆 관리실에 앉아 있던 직원이 말없이 나를 쳐다보았다. 나는 출입카드를 들어 보였다. 어제 주민등록증을 맡기고 받은 임시출입카드였다. 직원이 버튼을 누르자 문이 열렸다. 나는 직원에게 가볍게 묵례를 건네고 엘리베이터로 향했다. 잠깐만요. 직원이 나를 불러 세웠다. 무슨 잘못이라도 한 것처럼 가슴이 두근거렸다. 로비에 있는 몇몇 주민들이 쳐다보고 있는 것도 나를 긴장시키는 데 한몫 하고 있었다.

"카드 다시 한 번 보여주시겠어요."

나는 직원에게 카드를 건넸다.

"이거 언제 받으셨어요?"

"어제요."

내 말이 끝나자마자 직원은 빠르게 말을 받았다.

"이러시면 안 되죠."

내가 그렇게 말할 것을 예상했다는 듯한 태도였다. 나는 직원의 눈치를 살피며 가만히 서 있었다. 마치 몰래 들어오려다가 걸린 사람이 된 기분이 들었다. 임시카드는 매일 갱신을 해야 해요. 몇 호 가세요? 직원의 물음에 나는 선뜻 대답할 수 없었다. 직원이 원한 것은 내가 가고자 하는 집의 호수가 아니라 내 신분을 확인해줄 사람이었다. 오빠와 새언니는 출근을 했고 조카 유미는 영어유치원에 가고 없었다. 내가 누구인지 말해줄 수 있는 사람은 집에 남아 있지 않았다. 연결해드릴게요. 망설이는 나를 본 직원은 재촉하듯 인터폰을 들어 보이며 말했다. 도우미 아주머니도 되나요? 라는 내 질문에 직원은 고개를 크게 저었다.

"안녕하세요."

나와 아파트 출입 여부를 두고 실랑이를 벌이고 있던 직원이 고개를 숙이며 우렁차게 인사를 했다. 나는 직원의 시선이 향하는 곳으로 고개를 돌렸다. 이곳은 보안이 철저해서 연예인들과 기업인들이 많이 산다고 했던 새언니의 말이 생각났던 것이다. 나는 직원의 친절함이 깃든 표정을 보고 고현정이나 장동건이라도 등장한 줄 알았다. 연예인에 대한 호기심 같은 것은 없었다. 다만 주민등록증을 맡겨도 제지를 당하는 나와는 달리 얼굴만으로 인사를 받을 수 있는 신분에 대한 부러움이 내 몸을 돌리게 했다. 그 사람의 얼굴을 보고 싶었다.

한국에 와서 내 예상이 맞은 적이 있었던가. 삼 년 전, 한국을 떠난 그때 그 순간부터 내 생각은 멈춰 있는 모양이었다. 직원의 인사를 받으며 유유히 출입문을 통과하고 있는 사람은 대기업 회장도 유명 연예인도 아니었다. 이모였다. 모피코트를 입은 이모가 유유히 안으로 들어오고 있었다.

놀란 마음을 추스르면서 나는 잠시 생각에 잠겼다. 이모를 불러야 할까 말까. 나는 망설여졌다. 이모의 도움은 받고 싶지 않았다. 그렇다고 출입문 앞에 서서 이런 모욕을 계속 당하고 싶지도 않았다. 나는 속으로 주의 기도를 외웠다. 이럴 때 내가 의지할 수 있는 분은 오직 하느님밖에 없다는 생각이 들었다.

짧은 기도를 끝내고 고개를 들었을 때 나는 내 옆에 서 있는 이모를 발견했다. 기도드린 것을 후회했다. 기도의 결과가 이렇다면 기도를 드리지 않았을 것이었다. 나를 가운데 두고 이모와 직원 사이에 가벼운 눈인사가 오고갔다. 그러고 나서 직원은 나에게 임시출입카드를 내주며 2001호셨군요? 하며 알은 체를 해왔다. 나는 직원의 친근한 말투가 나를 향한 것이 아니라는 걸 알았다. 직원의 시선은 내가 아닌 이모를 향해 있었다.

집에 돌아온 지 얼마 지나지 않아 유미가 영어유치원에서 돌아왔다. 하지만 나는 방안 침대에 그대로 누워 있었다. 내가 나간다고 해서 달라질 것은 없었다. 혹시나 유미가 나를 찾진 않을까 조금 기대하기도 했다. 하지만 역시나 유미는 나를 부르러 오지 않았다. 유미와 이모가 주고받는 대화가 방문 너머로 들려왔다. 맛탕을 먹으라는 이모의 말에 아이가 환호성을 지르며 엄지손가락을 치켜 들은 것 같았다. 투 썸즈 업, 하며 영어 표현을 일러주는 이모의 목소리가 나지막하게 들려왔다. 문득 나는 아이가 필리핀의 바나나 튀김인 마루야를 알고 있는지 궁금해졌다. 어느 날, 내가 다시 한국을 찾았을 때 조카가 맛탕 대신 마루야를 먹고 있을지도 모른다는 생각이 머리를 스치고 지나갔다.

"이모, 저 왔어요. 유미야, 엄마 왔다."

새언니가 퇴근해 집으로 돌아왔다. 현관 앞에는 먼저 마중 나온 조카와 이모가 손을 맞잡고 서 있었다. 나는 그들과 한 걸음 떨어져서 새언니를 맞았다.

"먹을 것 좀 사 왔는데."

새언니는 손에 들고 있던 커다란 쇼핑백을 흔들어 보였다. 이모가 건네받은 쇼핑백을 열었다. 그 안에는 망고, 람부탄, 망고스틴, 두리안 등 여러 가지 종류의 과일이 한가득 담겨 있었다. 나는 쇼핑백에 든 것이 이모를 위한 것임을 알아챘다. 한국에서는 비싼 값을 주고 사야 하지만 필리핀에서는 일이천 원만 내면 먹을 수 있는 흔한 과일들이었다. 이모는 망고 하나를 꺼내 유미 손에 들려주었다. 유미가 이모를 바라보며 방긋 웃었다. 그 모습을 보며 새언니가 따라 웃었다. 웃고 있는 그들 사이에서 나는 혼자 굳은 얼굴로 서 있었다.

저녁 식사를 마친 다음, 설거지는 새언니의 몫이었다. 이모는 식탁에서 일어나 거실로 가서 텔레비전을 켰다. 내가 설거지를 하겠다고 나섰지만, 새언니는 조카랑 놀라며 등을 떠밀었다. 나는 조카와 이모가 앉은 소파에 나란히 붙어 앉아 텔레비전을 보았다. 나만큼 이모도 불편했던지 슬그머니 자리에서 일어나더니 새언니가 설거지를 하고 있는 다용도실로 향했다. 시간이 꽤 흘러 드라마 한 편이 다 끝났는데도 두 사람은 그곳에서 나오지 않았다. 나는 부엌 쪽으로 걸음을 옮겼다.

"노. 노."

이모의 단호한 목소리가 들렸다. 새언니는 뭔가 부탁을 하고 이모는 그걸 거절하는 모양이었다. 나는 조금 더 가까이 다가가 귀를 기울였다. 누가 들을세라 속삭이는 듯한 새언니의 목소리가 들려왔다.

"그럼, 애는 어떡해요. 애는."

"그만둔다니까요."

"왜 자꾸 그만둔다고만 그러세요. 제가 뭐 불편하게 해드린 거 있어요?"

"노."

이모는 쉽게 물러날 기세가 아니었다.

"텔 미 플리즈."

새언니가 애원하듯 말끝을 길게 끌었다.

"다른 집에서는……."

이모가 드디어 입을 열었다. 몇 단어만 듣고도 새언니는 그쯤에서 눈치를 챈 모양이었다. 이모의 말이 끝나기도 전에 새언니는 월급을 올려드리겠다고 말했다. 한두 번 겪은 일이 아닌 것 같았다.

나는 거실로 돌아와 자리에 앉았다. 그리고는 유미를 바라보았다. 자신을 두고 집 한편에서 이런 협상이 벌어지고 있다는 걸 알고 있을까. 자신이 엄마처럼 따르는 사람이 그 사랑과 애착을 무기 삼아 돈을 요구하고 있다는 것을 알고 있을 리 없었다. 조카는 해맑은 표정으로 텔레비전에 나온 개그맨을 보고 즐겁게 웃고 있었다. 다섯 살 조카의 얼굴을 보며 나는 필리핀 아이들의 얼굴을 떠올렸다. 한국에서 힘들게 돈 벌고 있을 엄마를 위해 눈물로 기도를 드리던 아이들. 그들에게 나는 어떤 위로의 말을 건넸던가. 하느님이 엄마를 지켜주실 거야. 그렇게 말했던가. 조카의 웃음과 필리핀 아이들의 눈물 사이에서 나는 마음이 무거워졌다. 내가 떠나온 한국과 현재 살고 있는 필리핀 사이에서, 맛탕과 마루야 사이에서, 그리고 필리핀에 사는 한국 고모와 한국에 사는 필리핀 이모 사이에서 나는 길을 잃어버린 느낌이 들었다.

왜 선교를 하려고 했던가. 순간 나는 그들을 내려다보고 있었단 사실을 깨달았다. 그것은 사랑이 아니라 동정이었다. 그리고 열등감으로 가득 찬 나의 치졸한 자기방어였다. 잘난 오빠에 대한 압박감을 이기지 못하고 필리핀으로 도망을 갔고 그들을 도와줌으로써 우월감을 느꼈던 것이다. 나를 높여줄 수단으로서 그들을 이용했다는 생각이 들었다. 불현듯 높은 곳에서 아래를 내려다보고 있을 신의 모습이 떠올랐다. 그는 왜 그곳에 있는 걸까. 그는 그곳에서 무엇을 보고 무슨 생각을 하고 있는 것일까. 그동안 아무런 의심 없이 믿고 있었던 것에 대한 질문들이 내 머릿속을 떠나지 않았다. 그는 과연 누구일까. 모든 것이 혼란스러웠다.

대화를 마친 이모와 새언니가 거실에 모습을 드러냈다. 유미가 이모를 향해 두 팔을 뻗었다. 이모가 유미를 품에 안고 소파에 앉았다. 새언니의 얼굴이 텔레비전에서 뿜어져 나오는 빛을 받아 밝고 어두워지기를 번갈아 했다.

"오빤 언제 온대요?"

무슨 말이든 해야 할 것 같았다. 그때 제일 먼저 생각난 것
이 오빠였다. 오빠는 아직 집에 들어오지 않고 있었다. 오빠라
는 말에 옆에 앉아 있던 조카가 나를 힐끔 쳐다봤다. 자기 아
빠 얘기인가 싶어 관심이 가는 모양이었다. 나는 오빠가 집에
빨리 왔으면 좋겠다는 생각이 들었다.

"몰라요."

낮고 건조한 목소리였다. 무표정한 얼굴의 새언니는 텔레비
전에 시선을 고정한 채 말했다. 화면 속에서는 우스꽝스러운
분장을 한 개그맨이 무대를 뛰어다니고 있었다. 바나나 껍질
을 밟은 개그맨이 미끄러지면서 아이쿠 하는 신음소리를 냈
다. 조카와 이모가 동시에 웃음을 터트렸다. 나는 창밖으로 고
개를 돌렸다. 오빠가 온다고 해서 달라질 것은 없는지도 몰랐
다. 새언니의 메마른 표정이 그걸 말해주고 있었다.

"난 이만 굿나잇."

새언니가 자리에서 일어나며 말했다. 나는 피곤할 테니 어
서 들어가 쉬라고 대꾸했다. 새언니가 유미에게 손을 흔들었
다. 유미, 굿나잇. 유미가 이모의 품에 안긴 채로 작은 손을 흔
들었다. 굿나잇, 마미. 새언니가 이모에게 가볍게 목례를 했
다. 그러자 이모는 유미의 손을 잡아 흔드는 것으로 인사를 대

신했다. 이모에게 잡힌 손목이 간지러웠는지 조카가 까르르
하고 웃음을 터트렸다. 조금 있다가 재우세요. 방으로 들어가
던 새언니가 잠긴 목소리로 한마디 했다.

코미디 프로그램이 끝나고 심야 영화를 상영한다는 안내방
송이 나왔다. 이제 자야지. 나는 유미에게 다가가 부드럽게 말
을 건넸다. 아이는 나를 힐끗 쳐다보더니 테이블에 놓인 리모
컨을 잡았다. 자기가 끄려나 보네. 나는 시키지 않아도 스스
로 행동하는 조카의 모습에 마음이 흡족했다. 그때였다. 화면
에서 잔잔하게 흘러나오던 광고음악이 크게 울려 퍼졌다. 조
카가 전원을 끄는 대신 볼륨을 높인 것이었다. 이제 그만 자야
지. 나는 낮게 가라앉은 목소리로 다시 한 번 말했다. 이대로
물러서면 안 될 것 같았다. 하지만 내게 반항이라도 하듯 조카
는 볼륨을 높였다. 당황한 나는 조카를 쳐다보았다. 아이는 아
무 일 없다는 듯 화면에 시선을 고정하고 있었다. 무표정한 조
카의 얼굴을 보고 나는 할 말을 잃었다. 조카에게 무엇을 바랬
던 것일까. 고모로서의 인정? 아니면 사랑과 관심? 대답할 수
없었다. 조카에게 나는 존재하지 않는 사람이었다.

나는 조용히 소파에서 일어났다. 자리를 스스로 포기했든
남에게 빼앗겼든 그건 중요하지 않았다. 누구를 탓할 수 있는
문제가 아니었다. 나는 방문을 열고 안으로 들어갔다. 조카와
이 집에 필요한 사람은 내가 아니라 필리핀 이모였다. 우리와

다른 생김새에 차갑고 쌀쌀맞은 성격이지만 이모는 삼 년간 한 집에서 먹고 자고 일상을 함께 해온 가족이었다. 내 자리는 여기에 없었다. 나는 천천히 짐을 쌌다. 하지만 선교 교육원으로 갈 순 없었다. 그곳에도 박혜진의 자리는 없었다. 안젤라, 오직 그녀의 자리만 있을 뿐이었다. 나는 갈 곳을 잃었다.

아야소피아 프로젝트

아야소피아 프로젝트

언니, 앉아, 앉아. 한국 사람들 성격 너무 급해.

연한 핑크빛이 도는 하얀 피부를 가진 남자는 주먹으로 책상을 세게 두드리며 말했다. 낡은 철제 테이블이 힘없이 삐거덕했다. 의자에서 일어나던 그녀의 다리도 조금 휘청거렸다. 그녀가 잠시 주춤하는 사이 남자가 거칠게 몰아붙였다.

내가 잡아먹기라도 한데? 앉아.

쌍꺼풀진 큰 눈의 남자와 의자를 그녀는 번갈아 쳐다보았다.

I have to go.

가야 한다고 말은 하고 있지만, 그녀는 그가 보내주길 간절히 바라고 있었다.

앉으라고, 이 예쁜 언니야.

욕이 튀어나오려는 것을 참고 있다는 듯 남자는 어금니를 악물었다. 굳게 다물린 그의 입술이 잘 익은 석류처럼 붉었다. 그녀는 바짝 마른 입술에 침을 축였다.

I already made a reservation.

수십 번 반복한 문장이었다. 이미 의사 표현이라는 언어의 기능을 상실한 말이기도 했다.

졸라 좋다니까. 절대 후회 안 할걸.

남자가 내민 두꺼운 카탈로그에는 커다란 풍선을 타고 하늘을 날며 활짝 웃고 있는 사람들의 사진이 실려 있었다. 노랑 풍선 파랑 풍선 빨강 풍선. 각양각색의 즐거움과 모험이 그녀의 눈앞에 펼쳐졌다.

나만 믿어.

입만 열지 않는다면 그는 이스탄불에서 보았던 다른 남자들과 별반 다를 것이 없었다. 그런 그의 입에서 흘러나오고 있는 모국어는 이질감을 느끼게 했다. 게다가 언니라니. 남자는 그녀를 언니라고 부르고 있었다. 누가 누구의 언니란 말인가. 그녀의 머릿속엔 이곳을 빠져나가야겠다는 생각밖엔 없었다.

I am sorry. I have to go.

입술을 지그시 깨문 그녀를 향해 남자가 주먹 쥔 손을 흔들어댔다. 뽀얀 손등 위로 샛노란 털이 북슬북슬했다.

엄창, 엄창이라니까.

큼지막한 남자의 손바닥에서 빠져나온 엄지손은 입에, 새끼손가락은 이마에 가 있었다. 내가 한 말이 틀리면 우리 엄마는 창녀다. 엄창의 속뜻을 그는 알고 있을까. 어린 시절 또래 남자아이들이 하던 철없는 행동이 떠올랐다. 오래전 일이라 이름은커녕 얼굴조차 가물가물했다.

언니, 생각 그만하고 이제 여기 사인해.

빨리빨리, 하고 자신을 재촉하는 남자의 위압적인 목소리가 그녀의 귓가에 어지럽게 맴돌았다.

아타튀르크 공항에 도착해 그녀가 처음 마주한 것은 도로를 따라 길게 늘어선 택시와 그 옆에 삐딱하게 기대어 담배를 피우고 있는 기사들이었다. 한결같이 옷은 모두 색이 바래고 얼룩져 있었다. 자주 빨아 낡은 건지 아니면 땀에 전 상태로 오래 방치된 탓인지 알 수 없었다. 이삼 미터 떨어져 있었지만, 그들과 한 공간에 있다는 사실만으로도 쉰내가 맡아졌다. 기다림에 지쳐 있는 택시기사들을 뒤로하고 그녀는 메트로 쪽으로 발길을 돌렸다. 잠시 멈칫하는 사이 고약한 냄새가 온몸에 밸 것 같았다. 터키든 한국이든 여름이든 겨울이든 날마다 반복되는 생활의 냄새는 동일했다. 여행지에서도 일상은 계속되고 있었다. 기껏해야 몇 걸음 떼었을 뿐인데 그녀는 손으로 끌고 있는 슈트케이스가 무겁게 느껴졌다.

유, 뷰티풀.

짙은 담배연기처럼 걸쭉한 목소리였다. 누굴까. 택시 승강장 옆 벤치에 앉아 있던 한 남자의 모습이 어렴풋이 떠올랐다. 지중해의 따사로운 햇볕을 온몸으로 흡수한 듯 구릿빛 피부를 뿜내던 금발의 남자였다. 끈이 반쯤 풀린 그의 운동화 주변엔 대여섯 개의 담배꽁초가 떨어져 있었다. 지하철 표지판을 찾아 주변을 두리번거리다가 그와 두어 번 시선이 마주친 기억이 났다.

베리 뷰티풀!

그녀는 가던 걸음을 멈추고 고개를 돌렸다. 난 내수용이 아니라 수출용이라니까. 외까풀의 길고 가는 눈을 가진 그녀가 남자친구와 헤어질 때마다 농담처럼 내뱉던 말이었다. 설레는 마음으로 그녀는 발길을 돌렸다. 하지만 그녀가 마주한 것은 자신을 향해 방긋 미소 짓고 있는 금발이 아니었다. 담배를 발로 비벼 끄고 있는 한 무리의 택시기사들이었다. 금방이라도 그녀에게 달려올 듯 분주하고 거친 움직임이었다.

뷰티풀! 뷰티풀! 뷰티풀!

한 여자를 놓고 결투를 치루는 중세 유럽의 기사들처럼 그들은 빠른 몸놀림으로 운전석에 앉아 시동을 켜고 창을 내린 다음 목을 길게 내빼 소리를 질러댔다. 요란한 클랙슨 소리로 시선을 끌려고 하는 기사도 있었다. 심상한 표정으로 그녀가 다시 발길을 돌리자 기사들의 목소리가 한층 더 커졌다. 그녀가 몸을 움직여 자리를 벗어나려고 하면 그들은 헤비메탈 로커처럼 고함을 질러댔다. 그 소리에 놀라 그녀가 움직임을 멈추면 그들의 노래는 다시 감미로운 발라드로 돌아왔다. 이토록 정열적인 세레나데가 있을까. 지나가던 행인들도 걸음을 멈추고 흥미로운 시선으로 그 모습을 지켜보고 있었다.

손님을 택시에 태우려는 호객행위라는 걸 알면서도 그녀 역시 쉽게 자리를 뜨지 못하고 있었다. 드라마나 영화의 여자 주인공 옆에는 그녀만을 애타게 바라보는 남자들이 있었다. 여자와 사랑을 주고받는 남자 주인공과 그녀를 짝사랑하는 조연급 남자배우는 기본이고 그 외 한두 명쯤은 옵션으로 가감이 가능했다. 있으면 좋고 없어도 상관없는 단역 배우들. 물론 요즘에는 첫사랑 남자, 돈 많은 남자, 나이 어린 남자 등 적어도 세 명 정도는 있어야 여자 주인공 행세를 할 수 있다. 그런데 지금 그녀 앞에는 그녀의 선택을 받기 위해 열심히 노력하는 열 명의 남자들이 있었다. 올해로 회사에 들어간 지 십 년째였다. 골드 미스. 그건 삼십사 년 동안 단독주연으로서 자신의 삶을 지켜온 그녀만을 위한 금빛 왕관이었다.

요즘 누가 귀찮게 결혼 같은 걸 하나요. 이혼이라면 또 모를까.

회의실을 천천히 둘러보던 그녀의 시선이 한곳에 멈춰 섰다. 결혼 1년 차의 최 과장. 그녀와 같은 해 입사해 십 년째 같은 부서에서 근무하는 동갑내기 동료였다. 당황한 기색이 역력한 최 과장은 불룩 나온 배를 두 손으로 연신 쓰다듬었다.

그래요, 현실은 드라마가 아니에요.

지금 그녀가 한 말은 그녀가 질리도록 들었던 말이기도 했다. 최 과장이 결혼한 뒤부터였다. 상황분석이 부족하다, 현장 감각이 떨어진다는 둥 그녀가 제안한 아이디어에 대한 평가는 부정적으로 변했다. 집안에 제사가 있다거나 애가 아프다는 이유로 그녀는 야근을 빼먹거나 회식에 빠진 적이 없었다. 모든 스케줄을 회사에 맞추는 그녀의 열정은 결혼한 최 과장의 한 마디 말이면 모두 현실성 없는 헛된 노력으로 치부되었다. 인테리어 H는 신혼부부가 선호하는 국내 제일의 가구 브랜드였다. 최 과장 역시 직원 할인을 받아 침대와 식탁, 그리고 거실에 놓을 소파를 시중가보다 훨씬 싸게 구입했다. 소비자의 한 사람으로서, 라는 말로 시작하는 최 과장의 의견에 토라도 달면 결혼도 안 한 여자가 뭘 알겠느냐는 듯한 얼굴로 최 과장은 그녀를 쳐다보았다.

남편에겐 사랑스러운 아내였다가 아이에겐 따뜻한 엄마였다가 시부모님에겐 살가운 며느리였다가 회사에선 좋은 동료였다가…… 사람 몸이 열두 개라도 되나요. 탑승 인원이 정해져 있는 엘리베이터에 사람을 계속 밀어 넣으면 어떻게 될까요?

의문문으로 말을 끝낸 그녀는 만삭의 최 과장에게 시선을 두고 있었다. 정확히 말하면 출산 예정일을 며칠 앞둔 최 과장의 불룩한 배였다. 갈수록 이혼율은 높아지고 있었고 최고의 혼숫감 브랜드로 명성이 높았던 인테리어 H의 주가는 연일 하락세였다. 작년 한 해 열다섯 개의 대리점이 문을 닫았고 영업사원 서른네 명이 일자리를 잃었다. 본부장 앞에서 프레젠테이션을 하는 그녀의 목소리에 힘이 잔뜩 들어가 있었다. 프로젝트 팀장 자리는 하나였고 그녀와 최 과장 둘 중 하나는 팀장이 되고 나머지 한 명은 앞날이 불투명했다. 악화된 재무 구조 개선을 위해 회사는 구조조정 중이었다.

대세는 이제 1인 가구예요.

두어 달 전 그녀는 회사 근처 원룸으로 이사를 왔다. 평일에는 남들보다 먼저 출근해 늦게 퇴근했고 토요일에는 경쟁사 매장을 둘러보며 시장조사를 했다. 일주일에 하루, 한 달에 네 번뿐인 일요일, 그녀의 완벽한 휴식을 위해 그녀의 집은 정성스럽게 꾸며졌다. 검정색 암막 커튼이 쳐진 조용한 자신만의 공간에서 그녀는 일 년 만기 적금으로 구입한 1인용 리클라이너 소파에 기대어 다운받은 영화를 감상하다 슈퍼 싱글 사이즈의 천연라텍스 매트리스에서 잠이 들었다. 덴마크 출신의 조명 디자이너가 만든 스칸디나비아 스타일의 테이블 램프가 혼자 잠든 그녀의 곁을 지켰다.

싱글에게 소비는 자기 투자죠. 그러다 보니 자연스럽게 구매력이 클 수밖에 없고요.

　신혼부부가 결혼 전 한 번의 구매로 끝나는 뜨내기손님이라면 싱글족은 회사의 지속적인 매출을 책임지는 큰손이라고 그녀는 덧붙였다. 화려한 싱글이라는 표현 대신 성장 가능성이 무한한 매력적인 타깃이라는 말도 빼놓지 않았다. 소비자의 한 사람으로서, 그녀의 입에서 이 말이 나왔을 때였다. 갑자기 최 과장이 신음 섞인 비명을 내지르며 온몸을 부르르 떨었다. 진통이 시작된 것이었다. 신입 여직원의 부축을 받으며 힘겹게 회의실 문을 나서던 최 과장이 걸음을 멈추고 뒤를 돌아봤다. 최 과장은 무심한 듯 혼자 서 있는 그녀를 바라보았다. 그녀에게도 곧 닥쳐올 일이라고 경고하는 듯한 눈빛이었다.

　그녀는 쓰러지듯 침대에 몸을 던졌다. 침대가 삐거덕하고 앓는 소리를 냈다. 귀를 막듯 그녀는 두 눈을 꼭 감았다. 공항에 도착해 호텔까지 오는 데 꽤 많은 요금을 지불해야 했다. 지하철을 타고 왔더라면 3리라로 충분했을 테지만 지금 여기는 이스탄불이고 그녀는 포상휴가 중이었다.

　천천히 눈을 떴다.

　하늘 높이 해가 떠 있었다. 그녀는 핸드백에서 휴대폰을 꺼내 시간을 확인했다. 오후 두 시였다. 서울이라면 저녁 아홉 시, 회사 앞 분식집에서 간단하게 식사를 마치고 야근 모드로 들어갔을 시각이었다. 그녀는 열 시 이전에 퇴근한 적이 없었다. 입사 삼 년 만에 대리, 오 년 만에 팀장이 되었다. 육아에 전념하겠다며 회사를 그만둔 최 과장 대신 '아야소피아 프로젝트'를 담당했다. 공채 동기 중에 가장 빠른 승진이었다.

차창 밖으로 각기 다른 여러 가지 모양과 빛깔의 지형들이 끝없이 펼쳐졌다. 수백만 년 전, 에르지예스 산에서 분출된 용암이 오랜 세월에 걸쳐 바람의 시달림을 견뎌낸 흔적들이었다. 이제까지 그녀는 시간에 쫓기듯 살아왔다. 유아원에서 시작한 그녀의 스케줄은 유치원, 초등학교, 중학교, 고등학교, 대학교, 그리고 지금의 직장까지 한 번의 쉼 없이 이어져 왔다. 정해진 궤도에서 벗어난 것은 딱 한 번, 결혼적령기를 넘어선 서른넷 그녀에겐 남편이 없었다. 짧게는 한 달, 길게는 이 년 동안 연애를 하기도 했고 서른 무렵에는 미래를 약속한 남자도 있었지만 그녀는 지금 혼자였다. 이스탄불에 머무는 이틀 동안 그녀는 가이드북에 나와 있는 명소들을 차례대로 방문했다. 빼곡하게 작성된 일정표와 함께 그녀의 발걸음은 점점 빨라졌다. 가이드북 구석에 작게 실려 있는 선착장에서 파는 고등어 케밥까지 챙겨 먹은 다음 날 저녁, 그녀는 짐을 꾸려 터미널로 향했다. 그리고 망설임 없이 카파도키아로 향하는 오토뷔스에 올라탔다.

요란한 경적에 놀라 그녀는 눈을 떴다. 어둠이 걷히고 새벽

여명이 조금씩 밝아오고 있었다. 창밖을 내다보는 그녀의 눈에 허름한 건물 몇 채가 들어왔다. 모두 단층짜리로 마감재가 그대로 드러나 있었다. 그녀는 가방에서 표를 꺼내 도착시각을 확인했다. AM 8: 15. 카파도키아까지는 한 시간정도 더 가야 했다. 대부분의 승객들은 깊은 잠에 빠져 미동도 하지 않고 깨어 있는 두어 명도 가볍게 몸을 뒤척일 뿐 버스 안은 고요했다. 하지만 차는 출발할 생각이 없는 듯 그르렁 소리를 내며 멈춰 서 있었다.

차창 밖으로 아득한 시선을 옮기던 그녀는 버스 트렁크에서 자신의 슈트케이스를 빼내고 있는 낯선 남자를 발견했다. 무슨 착오가 생긴 모양이었다. 자신은 분명 괴뢰메 행 티켓을 샀고 그 표는 그녀를 카파도키아까지 데려다줄 것이었다. 그녀는 자리에서 벌떡 일어나 황급히 뛰어나갔다.

언니, 나 따라와.

슈트케이스를 어깨에 들춰 멘 건장한 체격의 남자가 그녀를 손짓으로 불렀다. 그리고는 성큼성큼 앞으로 걸음을 옮겼다. 모르는 남자를 무작정 따라갈 수도 그렇다고 가만히 있을 수도 없었다. 슈트케이스가 남자에게 있었다. 난감한 처지에 놓인 그녀가 잠시 망설이는 사이 버스는 요란한 엔진 소리를 내며 떠나버렸다. 이스탄불에서부터 열두 시간 동안 타고 온 버스였다. 어리둥절해하는 그녀를 뒤로하고 버스는 점점 멀어져갔다.

그녀가 흐트러진 정신을 다잡았을 때에는 이미 슈트케이스를 멘 남자와의 거리가 한참 떨어져 있었다. 그녀는 종종걸음으로 그를 쫓아갔다.

편하게 앉아. 이건 걱정하지 말고.

남자는 그녀의 슈트케이스를 자신이 앉은 의자 옆에 내려놓으며 말했다.

I wanna go to Cappadocia.

철제 테이블을 사이에 두고 마주 앉은 남자는 능글맞게 웃으며 한국어로 그녀의 말을 받았다.

언니는 한국 어디에서 왔어?

남자의 한국어는 능숙했다. 하지만 그녀는 한국어로 답하지 않았다. 그 어떤 교점도 남자와 만들고 싶지 않았다.

I just wanna go to Cappadocia.

에이, 왜 그래. 친하게 얘기 좀 하자고.

I bought the right ticket. I don't understand why I am here.

한국인인 그녀는 영어로 터키인인 남자는 한국어로 말하는 상황이 한동안 계속되었다. 그녀는 카파도키아로 가는 티켓을 샀기 때문에 여기에 있을 이유가 없다는 것을 강조했다. 무언가 착오가 있는 것 같다는 말도 덧붙였다. 하지만 남자는 그녀의 말에 아랑곳하지 않았다.

어디 살아? 난 구로동 살았는데. 구로 알지?

그녀는 고개를 끄덕이는 대신 눈을 아래로 내리깔았다. 남자가 말하고 싶은 것은 자신이 구로에서 살았다는 것이 아닐 것이라고 그녀는 생각했다. 구로라는 단어를 말할 때 남자는 유난히 힘을 주었다. 구로에 사는 외국인하면 떠오르는 이미지는 하나였다.

한 삼 년 있었지, 구로에서.

맞선 자리에 나간 그녀는 남자와 몇 마디 나누지 않고 많은 것을 알아낼 수 있었다. 지금까지 그녀가 만난 남자들의 숫자를 세보면 백 명이 넘었다. 대학 졸업반 때부터였으니까 매달 한 명씩 십 년, 그러니까 백 명은 절대 과장된 숫자가 아니었다. 고등학교는 어디 나오셨어요? 학교에 대해 묻는 것 같지만 사실 그 이면에는 그가 살고 있는 지역에 대한 정보를 습득하고자 하는 의도가 숨어 있었다. 집안의 부유한 정도를 알아보기 위해 사는 동네를 물어보는 것은 맞선 초보나 하는 행동이다. 기선 제압을 목적으로 일부러 하는 것이 아니라면.

언닌 어디 살아? 강남? 일산?

앞에 앉아 있는 그녀를 힐끔거리며 남자는 앞에 놓인 파일을 거칠게 넘겼다. 획획 거센 바람 소리가 났다. 커다란 풍선을 타고 하늘을 날며 활짝 웃고 있는 사람들을 지나 키스하는 연인의 사진에서 남자의 손놀림이 멈췄다.

근데, 언니는 남친 없어? 남자 안 만나?

판사는 대체로 목소리가 작고 가늘었으며 먼저 말을 꺼내기보다는 주로 들었다. 의자에 깊숙이 묻혀 앉는 편인데 이 자세는 함께 있는 시간을 따분하고 지루하게 느끼고 있다는 인상을 주었다. 과묵한 판사와 달리 변호사와 검사는 말이 많은 편이지만 말하는 방식에서는 큰 차이를 보였다. 변호사는 부드럽고 상냥해서 영업사원 같은 가벼운 느낌을 준다면 검사는 공격적이고 거친 화법으로 학생부 선생님과 면담을 하고 있다는 착각이 들게 했다. 같은 법조계라도 하는 일에 따라 성향은 완전히 달랐다. 회계사도 마찬가지였다. 주요 업무가 회계감사냐 컨설팅이냐에 따라 고지식한 좀생이와 영어 잘하는 허풍쟁이로 나뉘었다. 백 번의 경험에 의한 귀납적 추론과 직업적 특성에 따른 연역적 논증, 그녀의 판단은 늘 정확했고 그들과 인연이 되지 않을 이유는 명확했다. 철제 테이블 아래로 그녀는 시선을 돌렸다. 조리를 신어 발가락이 모두 드러난 남자의 발은 흙먼지로 뒤덮였고 발톱 밑에는 검은 때가 끼어 있었다.

난 한국에서 여친 있었는데. 한국 여자.

남자의 목소리는 삼 년 연속 베스트 애널리스트에 뽑힌 연봉 이억 원의 금융맨보다 더 당당하고 자신감이 넘쳐났다. 하지만 구로공단에서 일하는 외국인 노동자에게 한국인 여자

친구가 있었다는 사실이 믿기지 않았다. 어떤 조건을 붙여도 지금 그녀와 마주 앉은 남자를 사랑할 여자는 한국에 없었다. 그러니까 그녀와 같은 국적의 여자와 사귀어 본 적이 있다는 남자의 말은 그와 그녀가 여행 브로커와 여행객이 아닌 남자와 여자의 관계라는 것, 그래서 그녀가 스스로 여자라는 것을 인지하길 바라는 남자의 생각에서 비롯된 행동일 거라고 그녀는 확신했다. 혼자 여행 다니는 여자를 만만하게 보고 겁을 주려는 것이겠지. 그녀는 허리를 꼿꼿하게 세워 자세를 고쳐 앉았다.

난 쉬운 여자는 싫어. 그런 여잔 재미가 없거든.

경직된 표정의 그녀를 본 남자의 입가에 미소가 짙게 번졌다.

근데 언니, 언닌 어떤 남자가 좋아?

자기소개로 시작해 남자 친구의 유무에 이어 이상형까지 남자는 그녀와의 대화를 능숙하게 리드하고 있었다. 언제 이렇게 한국어를 배웠을까. 근무하는 공장이나 퇴근 후 잠깐씩 들린 이주노동자 쉼터에서 익혔다고 하기에는 너무 자연스러웠다.

무슨 생각하는 거니? 왜 대답이 없어?

그리고 지나치게 여성스러운 말투였다.

언니야!

입에 담지 못할 끔찍한 욕설을 들은 것처럼 그녀는 얼굴을 잔뜩 찌푸렸다. 언니, 앉아. 언니, 어디 살아? 언니, 남자 친구 있어? 이제껏 아무 생각 없이 듣고 넘겼던 남자의 말들이 갑자기 마음에 걸렸다. 말은 단기간에 배울 수 있지만, 말투는 오랜 시간 동안 지속적인 관계를 맺지 않고는 익힐 수 없는 성질의 것이었다. '했어' 혹은 '했니'로 끝나는 남자의 말투 그리고 '언니.' 낯간지러운 이 호칭을 남자는 누구에게 배운 것일까. 능숙한 그의 한국어 실력은 그가 누나와 언니를 구분하지 못해 실수한 것이 아님을 증명하고 있었다. 의도된 오류. 계산된 오답. 국어 문법에서 벗어나 자유롭게 한국어를 구사하는 그는 자신만의 언어를 만들어내고 있었다. 이질적인 모국어로 만들어진 남자의 세계에서 그녀는 말문이 막혔다. 정말 한국에서 애인이 있었던 걸까. 연인의 손을 잡고 벚꽃축제가 한창인 윤중로를 걷는 남자, 연인이 맡긴 손가방을 들고 여자 화장실 앞을 서성대는 남자, 한강이 보이는 공원 벤치에 앉아 연인과 키스하는 남자, 남산타워에 세워진 사랑의 자물쇠 트리 앞에서 영원한 사랑을 맹세하는 남자까지 지금 그녀 앞에 앉아 있는 남자는 그녀가 만든 카테고리에 없었다. 그녀의 경험과 이성, 그리고 상상에서 모두 벗어나 있었다.

이상형이 어떻게 되냐구?

맞선 자리에서 만났던 남자들의 얼굴이 머릿속을 빠르게 스쳐 지나갔다.

없어?

그동안 그녀가 외면했던 남자들이 하나의 얼굴이 되어 그녀를 노려보고 있었다.

진짜 없어? 그럼 남자 친군 있어? 없어?

비웃는 것 같기도 하고 동정하고 있는 것 같기도 했다. 어느 쪽이든 그녀는 상관없었다. 지금은 여행 중이고 며칠 뒤엔 한국으로 돌아갈 것이었다. 최연소 프로젝트팀장이란 타이틀이 그녀를 기다리고 있었다. 삼십 대 중반의 미혼 여성을 마케팅한다면 어떤 콘셉트를 잡아야 할까. 결혼을 못하거나 안 하거나. 전자는 연민과 업신여김을, 후자는 동경과 부러움을 불러일으킬 것이었다. 둘 중의 하나를 선택한다면 그녀는 당연히 후자였다. 골드미스에게 어울리는 단어는 당당함, 화려함, 그리고 자유로움 같은 것들이었다. 독립적인 주체로서 그녀의 존재는 그녀가 혼자 있음으로 완성되었다.

터키엔 왜 온 거야?

그녀가 진행하는 '아야소피아' 프로젝트는 매년 새로운 스타일을 제안하고 그 콘셉트의 침대와 소파, 테이블이 출시되는 시스템이었다. 술탄아흐메트 광장에 위치한 아야소피아는 이스탄불이 동로마제국의 수도였을 때 그리스도교의 대성당으로 지어져 916년간 교회였다가 터키의 지배를 받는 418년 동안은 이슬람의 모스크가 되었고 현재는 박물관으로 쓰이고 있었다. 수천 년의 역사가 깊은 잠에 빠져 있는 고요한 풍경 속에서 예수를 품에 안은 마리아가 알라의 가르침인 코란으로 평화롭게 교체되는 모습. 아야소피아 프로젝트가 전하고 싶은 메시지는 따뜻함, 평화, 사랑 그리고 이 모든 행복을 누릴 자격이 당신에겐 충분히 있다는 것이었다. 해가 바뀔 때마다 마케팅 콘셉트는 새로 기획되고 새로운 행복은 간단하게 구매 가능했다. 그녀에겐 남편이 없는 것이 아니었다. 애인이 많은 것이었다.

여기에 많아.

카탈로그를 내미는 남자의 눈빛이 어둠 속을 날아다니는 반딧불처럼 반짝였다. 카파도키아는 워낙 땅이 넓고 험해서 도보여행이 어렵다고, 여행사의 도움이 절대적으로 필요하다고 그는 강조했다. 지프투어 벌룬투어 로즈밸리투어…… 다양한 투어상품이 남자가 내민 카탈로그에 나와 있었다. 그리고 모두 그녀가 예약한 것보다 두 배 가량 더 비싼 가격이었다.

I already made reservations.

어디?

Traveller's Cave House.

내 꺼가 더 좋아.

남자는 더러운 발을 쭉 뻗어 그녀가 앉아 있는 의자를 툭 차며 말했다.

졸라 좋다니까. 몇 번을 말해. 엄창이라고!

엄마는 창녀다. 남자를 낳아준 여자가 정말 돈을 받고 몸을 팔았을까. 그랬거나 그러지 않았거나, 가능성은 반반이었다. 두 여자의 몸에서 동시에 나온 한 명의 아기, 그리고 긴 울음.

날 믿으라니까.

그녀의 눈에 비친 남자는 여자 여행객을 협박해 투어 상품을 강매하는 저급한 여행 브로커였다. 그 뒤로 구로공단에서 일하는 가난한 이주 노동자가 이어졌다. 한국인 여자 친구에게 한국말을 배우는 사랑스러운 터키 남자는 맨 마지막에 모습을 드러냈다. 남자의 얼굴은 하나가 아니었다. 다양한 디자인의 귀걸이처럼 그녀의 시선에 매달린 남자는 그녀의 생각에 따라 달라졌다. 언제 이렇게 다양한 얼굴이 남자에게 숨어 있었을까. 그녀를 대하는 남자의 태도에선 다양한 배역을 능숙하게 소화해내는 연기파 배우의 여유로움과 자신감이 묻어났다. 긴장하거나 위축되는 모습은 찾아보기 어려웠다. 아흔 아홉 명의 남자가 그녀 앞에 나타났다가 유유히 사라졌다.

그 모습을 조용히 지켜보고 있던 그녀가 입을 열었다.

보내줘요.

한국어로 또박또박 말하는 그녀를 남자는 지그시 바라보았다.

날 보내달라고요.

그녀를 둘러싼 벽은 강하고 견고했으며 그 안은 고요하고 평화로웠다. 자신을 지켜주는 단단한 벽이 스스로를 가두는 두꺼운 벽이 될 수도 있다고 그녀가 느낀 것은 위험지역에 들어갔음을 알리는 외교부의 문자를 확인하고부터였다. 명문여대를 졸업하고 공채 수석으로 입사해 회사 내에서 초고속 승진한 골드미스라는 사실은 그녀를 알아보는 사람 한 명 없는 낯선 나라에선 아무런 쓸모가 없었다. 터키에서 그녀는 외까풀의 눈을 가진 키 작은 동양 여자일 뿐이었다. 파운데이션으로 피부 결을 정돈하고 하이라이트로 콧대를 세우고 컨실러로 잡티를 감추고 마스카라로 속눈썹을 길게 올리고 립스틱을 짙게 바르는, 이 모든 과정을 생략한 채 그녀는 민낯으로 맞선자리에 나간 것처럼 마음이 불안했다. 어쩌면 불쾌하다는 감정이 더 정확한 것인지도 몰랐다. 그녀가 맞선에 나간 것은 결혼할 남자를 만나기 위한 것이 아니었다. 라이벌 회사의 제품을 분석하듯 남자를 감정하고 평가하고 결국엔 그가 자신의 상대가 될 수 없음을 스스로에게 설득시키기 위해서였다. 골드미스는 그녀를 규정해주는 기분 좋은 타이틀이었고 그녀는 그걸 부정한 적이 없었다. 그 수식어와 어울리지 않은 자신의 행동과 말은 자체적으로 삭제했다. 골드미스는 완벽하고 순결한 그녀만의 얼굴이었다.

우린 브라더야, 브라더.

남자는 뜬금없이 자신이 할아버지한테 전해 들은 무용담을 늘어놓았다. 남자의 이야기 속 한국은 탱크가 지나가고 총알이 빗발치는 전쟁터였고 할아버지의 시신이 묻혀 있는 나라였다.

한국엔 내 그랜드 파파가 있지.

남자의 두툼한 입술을 외면하며 그녀는 눈을 감았다. 터키와 한국은 형제의 나라라고 늘어놓는 남자의 말을 들어주고 싶지 않았다. 그녀가 가늘게 눈을 뜬 건 높아진 남자의 언성때문이 아니었다. 남자는 더 이상 그녀를 상대로 말하지 않았다. 철제 책상 위에 있던 핸드폰을 든 남자가 버튼을 누르고 있었다. 그녀가 소유하고 있는 핸드폰보다 더 좋은 기종이었다.

남자는 터키어로 말했다. 너무나 일상적인 그의 어투는 지금까지 그녀를 위협하기 위해 던진 어떤 말보다 그녀를 두렵게 만들었다. 남자가 더 이상 백오십 유로짜리 투어 프로그램을 강매하기 위해 단독 여행객을 인질로 잡고 있는 브로커에 머무르지 않으려 한다는 직감이 그녀의 온몸을 휘감았다. 출시한 지 얼마 안 된 최신 기종의 핸드폰은 상대의 목소리까지 그녀에게 선명하게 전달했다. 쿠션 없는 낡은 의자에 앉아 남자와 마주보고 있어야 하는 짜증스러운 상황이 문제가 아니었다. 이건 정말 위험하다. 그녀가 자신의 모든 세포를 향해 비상 신호를 발신하는 순간 남자가 핸드폰을 든 채 목을 빼올리며 그녀의 어깨 너머를 살폈다. 그녀는 숨을 멈추고 그의 시선을 따라 고개를 돌렸다. 멀리 어둠을 뚫고 막 떠오르는 붉은 해를 배경으로 오토뷔스 한 대가 모습을 드러내고 있었다.

그녀가 앉았던 의자가 우당탕 소리를 내며 넘어졌다.

언니!

자신을 부르는 남자를 뒤로하고 그녀는 온 힘을 다해 밖으로 뛰어나갔다.

언니!

빠르게 자신을 뒤쫓아 오는 남자의 발걸음 소리가 들려왔다.

쿵쿵쿵.

그녀는 있는 힘을 다해 달렸다. 하지만 남자와의 거리는 점점 줄어들고 있었다. 백화점에서 새로 산 조리 한 짝이 벗겨졌다. 그녀는 남은 한 짝을 벗어던지고 맨발로 내달렸다. 울퉁불퉁한 모래와 흙이 고스란히 발바닥에 느껴졌다. 통증이 발에서 무릎으로 허리에서 머리까지 치고 올라왔다. 전신으로 호흡하고 있는 것처럼 심장이 가쁘게 두근거렸다. 숨은 턱 끝까지 차올랐다. 앞으로 내딛는 그녀의 발걸음이 조금씩 느려지고 있었다.

빠앙.

전조등을 킨 오토뷔스가 희붐한 어둠을 뚫고 그녀를 향해 달려오고 있었다. 요란한 경적이 꺾어지려는 그녀의 무릎을 일으켜 세웠다.

빠앙.

그녀는 이를 악물고 달렸다. 이곳으로 그녀를 데리고 온 것
은 버스였고 이곳에서 나갈 방법도 버스밖엔 없었다. 다급한
마음을 쫓아 상체는 앞으로 기울고 야근과 다이어트로 가늘
어진 다리는 뒤로 쳐졌다. 간신히 중심을 잡으며 고개를 들었
다. 오토뷔스 그림자가 출렁거리며 그녀 앞에 멈췄다.

빠앙.

차 문이 열렸다. 그녀는 문 안쪽에 붙은 손잡이를 두 손으로
잡고 매달렸다. 발판에 한 발을 올려놓으려는 그녀를 핫팬츠
를 입은 여자가 거칠게 밀치며 뛰어내렸다. 하마터면 뒤로 넘
어질 뻔한 그녀는 핫팬츠의 여자를 돌아보았다. 비로소 여자
의 검은 머리카락이 눈에 들어왔다. 그리고 버스 트렁크에서
빨간색 배낭을 꺼내 어깨에 들춰 메는 낯선 터키 남자도 연이
어 보였다. 언니, 나 안 따라오고 뭐 해, 라고 말하는 남자의
목소리가 들리는 것만 같았다. 그녀는 남은 힘을 다해 버스에
올라탔다.

양고기의 누린내로 가득한 오토뷔스에는 빈자리가 딱 하나
남아 있었다. 그녀는 서둘러 자리에 앉았다. 거친 숨을 몰아쉬
며 남자는 그녀보다 한발 늦게 버스에 올라탔다. 붉게 달아오
른 얼굴로 남자가 그녀 옆에 바짝 다가와 섰을 때였다.

빠앙. 빠앙. 빠앙.

출발을 알리는 경적이 시끄럽게 울려댔다. 깊은 잠에 빠져 있던 승객들이 하나둘 깨어났다. 고요했던 버스가 갑자기 소란스러워졌다. 남자는 당황한 기색이 역력했다. 통로에 서 있는 남자 때문에 버스는 떠나지 못하고 있었다. 여기저기에서 볼멘소리가 터져 나왔다. 버스는 그르렁 소리를 내며 계속해서 몸통을 떨어댔다. 의자 손잡이를 세게 움켜잡고 있는 맨발의 그녀를 남자는 말없이 내려다보았다.

언니, 잘 가. 다음에 봐.

등을 보이고 돌아선 남자가 통로를 빠져나갔다. 온힘을 다해 붙잡고 있던 손잡이를 놓으며 그녀는 창밖으로 시선을 돌렸다. 저 멀리 눈에 익은 허름한 건물 한 채가 보였다. 한 시간 동안 이름도 모르는 낯선 남자에게 붙들려 있었던 곳이었다. 그녀는 그를 몰랐지만 그는 너무 잘 알고 있었다, 한국어를, 구로동을, 그리고 그녀를. 우렁찬 엔진 소리와 함께 버스가 출발하자 비로소 그녀는 안도의 한숨을 내쉬었다.

차창 밖으로 아득한 시선을 보내던 그녀의 눈이 갑자기 번쩍 뜨였다. 핫팬츠를 입은 검은 머리 여자가 빨간 배낭을 멘 남자의 뒤를 종종걸음으로 쫓아가고 있었다. 아까 그녀가 버스에 올라타기 전에 버스에서 내렸던 여자였다. 남자를 따라 걸어가던 여자가 갑자기 고개를 획 돌려 뒤를 돌아보았다. 그리고는 남자가 메고 있는 빨간 배낭과 그녀가 타고 있는 버스

를 번갈아 쳐다보았다. 어리둥절한 표정을 짓고 있는 여자로
부터 그녀는 얼른 시선을 거두었다. 지금 그녀의 자리는 조금
전까지 여자가 앉아 있던 자리였다. 여자가 내리지 않았다면
버스에 빈자리는 없었을 것이다. 그리고 그녀는 여전히 남자
에게서 붙들려 있었을 거였다. 창밖의 저 여자처럼.

심하게 흔들리던 그녀의 시선이 한곳에 우뚝 멈춰 섰다. 그
였다. 남자는 도망치다가 벗겨진 그녀의 조리를 한 손에 모아
들고선 살래살래 흔들고 있었다. 떠나는 버스의 뒷모습에서
눈을 떼지 못하던 그의 얼굴에 미소가 살짝 스치고 지나갔다.
그녀는 다리를 가슴팍으로 끌어당겨 몸을 움츠렸다. 아무것
도 신지 않은 발에 전해져오는 바닥의 냉기가 섬뜩하게 느껴
졌다.

죽은 개의 식사 시간

죽은 개의 식사 시간

 현관문을 열자 악취가 몰려나왔다. 진봉은 한 걸음 뒤로 물러났다. 고장 난 냉장고 속에서 오랫동안 방치된 명태가 부패할 때 나는 냄새였다. 그는 마스크를 눈 밑까지 끌어올렸다. 특수팀에서 현장 업무를 가장 오래 한 그였지만 시체 썩는 냄새는 여전히 견디기 힘들었다.

 그는 깊게 숨을 들이쉰 다음 화장실을 향해 빠르게 걸음을 옮겼다. 화장실에서 남자는 죽음을 맞이했다. 그곳이 악취의 근원지였다. 그는 화장실 문 앞에서 멈추었던 숨을 몰아쉬고 이를 악물었다. 남자의 인생은 한 시간 내에 모두 지워져야 했다. 그는 닫혀 있던 화장실 문을 활짝 열었다.

 화장실 안에 갇혀 있던 파리 떼가 그를 향해 달려들었다. 타닥타닥 타닥타닥. 작업복에 부딪친 파리들이 요란한 소리를 내며 바닥에 떨어졌다가 다시 날아올랐다. 적을 탐색하듯 파리 떼가 그의 주위를 맴돌았다. 코와 귀는 물론이고 눈이나 이마와 같이 구멍이 없는 곳까지 파리가 파고들어 올 것 같았다. 하지만 그는 겁을 먹고 밖으로 뛰쳐나갈 초짜가 아니었다. 그는 가만히 서서 속으로 숫자를 세기 시작했다. 열을 다 세기도 전에 파리들은 아무 일 없었다는 듯이 거실과 주방 쪽으로 빠져나갔다. 그들은 주검의 인계자에 불과했다. 그에게 주검을 넘겨준 파리 떼는 유유히 화장실을 빠져나갔다. 그는 욕조로 다가갔다. 낡은 아파트와 역사를 함께 한 욕조는 빛이 바래 누런색을 띠었고 손상된 표면은 검버섯이 핀 것처럼 오염되어 있었다.

조사팀 보고서에 이 집은 길음역에서 십 분 거리에 있는 오래된 아파트라고 적혀 있었다. 평소 같으면 인터넷으로 아파트의 위치를 확인했을 테지만 오늘은 그러지 않았다. 전철역에 붙어 있는 지역 지도를 보고 집을 찾을 생각이었다. 견적서 사본을 받아들고 나서려는 진봉에게 팀장이 한 마디 툭 던졌다. 그냥 가? 꾸짖는 듯한 팀장의 말투에 그는 걸음을 멈추고 뒤를 돌아보았다. 이인용 소파에 누워 팀장은 턱짓으로 컴퓨터를 가리키고 있었다. 일이 분이면 인터넷 창에 주소를 입력하고 검색결과를 훑어볼 수 있다. 하지만 그는 그러고 싶지 않왔다. 일이 분도 내 맘대로 못 쓸까. 그는 이렇게 대꾸하고 싶었다. 그보다 한 달 늦게 특수팀으로 옮겨온 팀장은 나이도 두 살 어렸다. 그는 숨을 크게 들이쉬었다가 내쉬었다. 팀장과 부딪쳐서 좋을 게 없었다. 업무 평가에 따라 보수가 달라졌고 그의 업무 평가는 팀장이 하고 있었다. 알고 있슴다. 도망치듯 그는 사무실을 빠져나왔다.

길음역에서 나와 주변을 둘러보던 진봉은 놀라서 눈이 휘둥그레졌다. 계단참에 붙어 있는 지도와는 사뭇 다른 전경이 나타났던 것이다. 대규모 아파트 단지가 있어야 할 곳에는 한 채의 아파트만 덩그러니 남아 있고 그 주변으로 공터가 넓게 펼쳐졌다. 하룻밤 사이에 두세 개의 계절이 빠르게 지나가 버린 것처럼 길음 아파트는 변해 있었다. 나태해졌다고 자신을 책망하듯 쳐다보던 팀장의 얼굴에 승리의 미소가 번지는 모습이 눈에 선했다. 조선족? 지금이 어느 시대인데 조선이야. 백 년 전에 망한 거 아냐? 회식자리에서 농담 투로 던진 팀장의 말이 떠올랐다. 서둘러 주변을 살피던 그는 마주 걸어오고 있는 여학생에게 말을 붙였다.

길음 아파트가 어디……

그의 억양에 놀란 여학생은 주춤주춤 뒤로 물러섰다. 여학생은 겁먹은 표정으로 고개를 가로저었고 그는 묻던 말을 매듭짓지 못했다. 빠른 걸음으로 자신에게서 멀어져가는 여학생을 뒤로하고 그는 담배를 피우고 있는 중년 남자에게 시선을 돌렸다. 남자는 짝다리를 하고 전봇대에 비스듬히 기대어 있었다. 그는 남자가 말을 끊지 못하도록 속사포처럼 물었다.

길음 아파트가 어디 있슴까.

남자는 담배연기를 길게 뿜어냈다. 이해할 수 없는 외국어를 들었다는 표정이었다. 그는 다시 한 번 물었다. 이번에는 한국어를 배운 지 얼마 안 된 외국인처럼 또박또박 발음했다.

길음 아파트를 찾고 있습니다.

남자는 그제야 고개를 끄덕이며 아는 체를 해왔다.

저기야 저기.

남자가 가리킨 곳은 아까 자신이 보았던 아파트 철거 현장이었다. 지금이 어느 시대인데 조선이야. 백 년 전에 망한 거 아냐? 술자리에서 팀장이 무심코 던진 말이 진봉은 농담으로 들리지 않았다. 그건 분명 자신의 이야기였다. 중국의 큰 도시로 한국으로 새로운 삶을 찾아 떠난 사람들, 그리고 버려진 유하. 을씨년스럽게 쇠락한 자신의 마을이 팀장의 입안에서 질경질경 씹히고 있는 오징어가 된 것만 같아 낯 뜨거웠다. 구운 오징어와 땅콩으로 이루어진 마른안주는 술집에서 가장 저렴한 메뉴였다. 그는 넓은 공터를 가로질러 빠르게 뛰었다. 뿌리째 뽑혀 말라죽은 버즘나무와 고약한 냄새를 풍기는 쓰레기더미가 옆으로 스쳐 지나갔다. 그건 사람들이 하나둘 떠나고 텅 빈 유하의 풍경이기도 했다. 그는 단지 내에 남아 있는 단하나의 건물 앞에 멈춰 섰다.

길음 아파트 301동은 죽을 날을 기다리는 사람처럼 늙어 있었다. 벽면은 빛바랜 살구색을 띠었고 주름살처럼 여기저기 금이 가 있었다. 그의 시선이 자물쇠로 굳게 잠겨 있는 경비실에 머물렀다. 어쩌면 지난 이십일 동안 죽은 남자 혼자 이 아파트를 지키고 있었는지 모른다. 그는 한국으로 떠나오기 전날 밤을 떠올렸다. 나이 든 아버지만 남겨놓아야 한다는 생각에 그는 쉽게 잠들지 못했다. 갑자기 아버지가 아프거나 집에 도둑이라도 든다면, 그는 젊은 사람들이 떠나고 텅 빈 마을의 스산한 풍경을 떠올리며 몸서리쳤다. 도와달라고 소리를 질러도 달려올 사람이 없었다. 서른두 집이 살던 마을에서 스물한 집이 폐가로 변했다. 그나마 마을에 남아 있는 사람들도 거동이 불편한 노인과 아이들뿐이었다.

진봉은 301동 입구로 한 걸음 다가섰다. 그의 얼굴 위로 아파트의 그림자가 드리우며 시야가 흐려졌다. 언제 다시 돌아가게 될지 알 수 없었다. 유하로 돌아간다고 해도 젊은 사람이라고는 아무도 남지 않은 고향에서 살 수는 없었다. 그는 자신의 작업이 신호탄이 되어 시작될 301동 철거작업에 대해 생각했다. 지도에서 지워지고 사람들의 기억에서 사라질 길음 아파트에 대해, 그리고 그 안에서 죽어간 남자에 대해. 남자는 누구에게든 깨끗하게 지워질 운명이었다. 자신은 그저 누군가 해야 할 일을 할 뿐이었다.

진봉은 이 일을 그만둘 생각이 없었다. 무엇보다 말하지 않아도 된다는 점이 마음에 들었다. 죽은 사람이 다시 살아나 말을 건다면 또 모를까. 마스크를 쓰고 묵묵히 맡은 일만 하면 되었다. 연변에서 왔어? 유하에서 왔슴다. 그가 대답하면 사람들은 모두 뜨악한 반응을 보였다. 연변과 유하가 서울과 부산만큼 멀다는 사실조차 모르면서 사람들은 고향을 떠나 한국으로 오게 된 과정을 훤히 꿰뚫고 있다는 듯한 시선으로 그를 바라보았다. 친근한 말들 속에 감춰진 무례와 멸시는 그를 주눅 들게 했다. 언제부터인가 슈퍼마켓에서 담배를 사거나 음식점에서 식사를 주문할 때 진봉은 중국어를 사용했다. 그를 중국인 관광객으로 여긴 사람들은 낯선 외국어에 당황해하며 머쓱하게 웃곤 했다. 그 미소가 그를 한국에서 조선족이 아닌 중국인으로 살게 하고 있었다. 중국에서 한 번도 포기하지 않았던 조선족이란 생각을 정작 한국 땅에선 부인하며 자신이 아닌 다른 사람의 인생을 살아가는 쓸쓸함은 조금씩 늘어나는 통장잔고도 달래주지 못했다. 시체를 치우고 받은 돈으로 월세를 내고 매달 이십만 원씩 아버지에게 송금하고 남은 돈은 저금을 했다.

진봉은 어깨에 메고 있던 연장통을 내려놓았다. 안에 든 연장들이 부딪히는 소리가 집안의 정적을 깼다. 지난 일 년 반 동안 그가 어깨에 메고 다닌 연장통에는 빗자루와 스펀지, 다양한 종류의 세제와 함께 망치와 빠루 같은 연장들이 들어 있었다. 연장통을 열고 뜰채를 꺼냈다. 지금 그의 앞에 놓인 남자의 죽음은 이십이만 원짜리였다. 견적비용에 따라 그가 받는 수당도 달라졌다. 하루에 천 원씩. 죽은 지 이십 일이 지난 다음에 발견된 남자는 기본비용 이십에 추가로 이만 원이 덧붙여졌다. 그중 그의 몫은 총 견적의 일 할인 이만이천 원이었다. 그 돈으로 할 수 있는 일은 많았다. 아버지에게 따뜻한 내복 한 벌을 택배로 보낼 수 있고 퇴근하는 길에 안마방에 들러 여자를 만져볼 수도 있다. 여자와 함께 밤을 보낸 것이 벌써 이 년 전이었다. 그는 뜰채로 욕조 안을 힘차게 휘젓기 시작했다.

　뭉클뭉클한 지방 덩어리가 망에 걸렸다. 행복하고 즐거웠던 추억은 짙은 그리움을 남기는 걸까. 지방은 사체의 다른 성분들보다 유독 심한 악취를 풍겼다. 그 냄새가 작업복을 뚫고 뼛속까지 스며들어올 것 같았다. 죽은 남자는 비만한 체구였을 것이라고 그는 생각했다. 체질을 세 번 했는데도 여전히 물은 걸쭉했다. 공산당 간부처럼 배는 불룩 나오고 겹턱을 가진 남자가 물에 몸을 담그고 있는 모습이 머릿속에 그려졌다. 당뇨에 고혈압으로 한 번 쓰러진 적이 있는 남자는 욕조에 따뜻한

물을 받아놓고 반신욕을 하려고 했던 것인지 몰랐다. 빛바랜 사진들을 들여다보며 지난날들을 회상하면서.

진봉은 화장실 바닥에 떨어져 있는 두 장의 사진을 내려다보았다. 그중 하나에는 백합으로 꾸민 결혼식장을 배경으로 수십 명의 사람들이 환하게 웃고 있었다. 군중 속에서 그는 어렵지 않게 죽은 남자의 얼굴을 찾아냈다. 순백의 웨딩드레스를 입은 여자의 왼쪽에 서 있는 사람이 바로 그 남자였다. 남자는 뒷줄에 서 있는 사람을 몸통 없는 귀신으로 만들 정도로 키가 크고 몸집이 좋았다. 사진 속의 남자는 근사하게 차려입은 신랑보다 더욱 상기되어 보였다. 카메라 렌즈를 바라보는 남자의 흔들리는 눈동자에서 진봉은 딸에 대한 그의 진한 애정을 읽어낼 수 있었다. 딸을 시집보내는 아버지가 느끼는 기쁨과 환희, 그리고 설렘이 사진에 고스란히 찍혀 있었다.

비싼 정장 뒤에 가려져 있는 남자의 두툼한 뱃살을 잘라내듯 진봉은 뜰채로 욕조 물에 떠 있는 희멀건 지방 덩어리를 건져냈다. 순간 그의 눈에 반짝이는 무언가가 들어왔다. 금니였다. 그는 지방 덩어리를 헤집어 금니를 손으로 집어 들었다. 그리고 작업복에 쓱 닦아낸 다음 입안에 넣고 어금니로 깨물었다. 물렁한 느낌이 들었다. 진짜 금이었다. 그는 선명한 잇자국이 난 금니를 결혼식 사진으로 감쌌다. 그리고 그걸 주머니에 재빨리 넣었다. 값비싼 금이든 추억이 깃든 사진이든 죽은 사람에게는 아무 쓸모 없는 쓰레기에 불과했다. 남겨두면 청소를 담당하는 작업반의 몫이 될 것이었다. 사무실에 가지고 간다 해도 팀장의 손에 들어갈 것이 분명했다. 유품을 치우는 것은 작업반의 몫이지만 시신을 흔적 없이 치우는 것은 그의 몫이었다. 금니는 사자가 남긴 유품이 아니라 육체의 일부였다. 그는 마땅히 자신이 치워야 할 것을 치우는 것뿐이었다.

오늘 아침 죽은 남자의 유품 정리를 의뢰한 사람은 그가 살고 있던 집의 주인이었다. 죽은 지 이십 일이 지나 집주인에게 발견되었다는 사실이 남자와 그의 하나뿐인 딸 그리고 그를 제외한 모든 사람들과의 관계를 말해주고 있었다. 남자의 수첩에 적혀 있는 딸의 전화번호는 001로 시작되었다. 열 개가 넘는 숫자를 누르고 나서도 미국으로 이민 간 딸과는 연락이 닿지 않았다고 집주인은 투덜댔다. 가끔씩 찾아와 월세를 받아가고 아파트의 재건축이 결정된 후에는 집을 비워달라고 독촉하는 집주인이 남자의 집을 찾아오는 유일한 방문객이었을 것이다.

화장실 바닥에 떨어져 있는 다른 한 장의 사진 속 주인공은 남자가 키우던 개였다. 죽은 남자도 미국으로 이민 간 남자의 하나뿐인 딸도 혹은 앙증맞은 포즈의 귀여운 손녀도 아닌 한 마리의 개. 남자의 호통에 몸을 움츠리고 등을 쓰다듬는 부드러운 손길에는 꼬리를 살랑살랑 흔들었을 남자의 개. 진봉은 사진 속의 그 개를 유심히 들여다보았다. 비쩍 마른 몸과 퀭한 눈, 빈약하고 불안한 생김새였다. 어디서 본 듯한 낯익은 느낌이 들었다. 그는 체를 들고 욕조 안을 천천히 휘저어댔다. 물은 죽은 남자의 몸에서 나온 분비물로 혼탁했다. 순간 재작년 겨울 인천항에서 보았던 암녹색의 바다가 그의 머릿속을 스치고 지나갔다. 어둡고 더러운, 그래서 바라보는 것만으로 마음 한구석이 스산해지던 한국의 바다였다. 고향을 떠나온 수십 명의 사람들이 화물선 갑판에 모여 있었고 그들 무리에 끼어 진봉은 발을 동동거리면서 희부연 달빛에 드러난 어둠을 노려보았었다.

한국에 가면 적어도 백, 많게는 삼백만 원까지 매달 벌 수 있다고 브로커는 말했다. 그의 말대로 파키스탄이나 부탄에서 온 사람들보다 진봉은 일을 쉽게 구할 수 있었다. 그가 컨베이어 벨트에서 부품을 조립하다 말고 갑자기 바닥에 엎드려 절을 하거나 식판에 담긴 제육볶음을 쓰레기통에 버리며 돼지고기는 먹을 수 없다고 항의하는 일은 없었다. 홀에 나가 서빙을 하고 손님에게 주문을 받는 것에도 아무 어려움이 없었다. 다른 한국인 직원들이 하는 일이라면 진봉도 모두 할 수 있었다. 숯불갈비 집이든 공장이든 일자리는 넘쳐났다. 한국인이 버리고 간 자리는 모두 그의 차지였다.

눈이 따끔거렸다. 부패한 주검에서 뿜어져 나온 이산화탄소 때문이었다. 그는 눈을 잠시 감았다가 떴다. 방향제를 꺼내기 위해 손때가 묻은 도구함을 열던 그의 눈앞에 남자의 곁에 남아 있었다던 작은 개가 떠올랐다. 폐허가 된 아파트 단지에서 혼자 스무 번의 낮과 밤을 지켜낸 그 개. 축축한 혀로 죽은 남자의 얼굴을 핥고 움직임 없는 주인을 향해 배를 뒤집어 까며 재롱을 부리다가 결국엔 배고픔을 이기지 못하고 욕조 밖으로 빠져나온 남자의 왼쪽 손을 뜯어 먹었다던 그 개. 진봉은 남자의 손가락을 개껌처럼 입에 물고 질겅질겅 씹고 있는 개의 모습을 상상했다. 더 늦게 집주인이 남자의 집을 방문했다면 남자의 왼쪽 어깨마저 흔적 없이 사라져버렸을지 몰랐다.

체질은 계속되었다.

뜰채로 지방 덩어리를 건져내던 진봉은 심한 허기를 느꼈다. 요즘 부쩍 식사량이 늘었다. 식사하고 돌아서면 금세 배가 고팠다. 밥 두 공기를 거뜬히 먹어치우는 그를 본 식당 종업원들은 놀라는 눈치였다. 그는 중학교에 갓 진학한 남자아이처럼 키가 작고 몸은 왜소했다. 회사에 구비된 작업복 중에 그에게 맞는 사이즈는 없었다. 처음 사무실 문을 두드리던 날, 사장은 진봉을 보고 고개를 저었다. 너무 약해. 그 후로 이 년이 지났다. 처음 6개월은 청소를 하는 작업반에서, 나머지 1년 6개월은 특수팀에서 일했다. 그는 특수팀에서 가장 오래 근무한 직원이 되어 있었다. 시신을 처리하는 일을 하고 싶다는 사람들이 종종 있었다. 짧은 시간 동안 많은 돈을 벌고 싶어 하는 사람들이었다. 그들의 대부분은 특수팀의 업무가 짐을 싸고 집안을 정리하는 일, 그러니까 이삿짐을 나르고 청소하는 일과 비슷한 작업반의 업무와는 전혀 다르다는 사실을 생각하지 않고 지원을 했다. 하지만 일주일도 되기 전에 거의 모든 사람들이 작업반으로 돌아가거나 아예 회사를 그만두었다. 첫 작업 현장에서 뛰쳐나가 버린 사람도 있었다.

그 냄새. 검게 썩어들어 가는 피부, 거품이 되어 녹아내리는 내장, 코와 입, 항문은 물론이고 눈과 귀처럼 틈이 있는 모든 곳에서 새어나오는 분비물…… 죽은 사람의 몸에서 흘러나온 심한 악취 때문이었다. 죽기 전에 그 사람이 앉았던 소파와 몸을 덮었던 이불, 그리고 이를 닦았던 칫솔까지 냄새가 짙게 배었다.

조사팀이 이 집을 방문했을 때 제일 먼저 그들을 맞이한 것은 개였다. 개에게서 멀찍이 떨어져 조사팀은 서둘러 현장을 검토하고 집을 나왔다. 개가 꼬리를 살랑살랑 흔들 때마다 시체가 썩는 고약한 냄새가 나는 것 같았다고, 마치 주검이 살아 움직이는 것 같았다고 조사팀 직원은 떨리는 목소리로 이야기했다. 그 얘기를 조용히 듣고 있던 진봉이 입을 열었다. 그 개는 어떻게 됐습니까. 질문은커녕 평소 말수가 없던 그였다. 말을 끝낸 그는 입술을 지그시 깨물었다. 면장갑을 낀 조사팀의 손을 보고 침을 질질 흘린다거나 집 밖으로 끌려나가지 않으려고 날카로운 이빨을 드러내 보이며 으르렁대는 개의 모습을 기대했던 것일까. 그게 아니라면 임시보호소에서 평온하게 지내는 개의 모습을 상상했는지도 몰랐다. 쟤네가 깨끗하게 처리하고 왔으니까 걱정하지 마. 소파에 비스듬히 기대어 앉아 있던 팀장이 조사팀 직원을 턱짓으로 가리키고 나서 진봉을 향해 담배연기를 길게 내뿜었다. 그는 마른기침을 몇 번 토해내고 나서 물었다. 새 주인을 찾아 개를 넘겨줬슴까. 팀장은 낄낄대고 웃었다. 주인 뜯어먹은 개를 키울 정신 나간 놈이어딨냐.

배에서 꼬르륵 소리가 났다. 그는 길게 숨을 내쉬었다. 다음 작업 현장으로 가기 전에 허기진 배를 채워야 했다. 지난여름 침대를 옮기다가 허리를 삐끗한 적이 있었다. 끼니를 거르고 현장에 나간 것이 화근이었다. 약국에서 파스를 사다 붙였지만 통증은 나아지지 않았다. 그렇다고 병원으로 의사를 찾아갈 순 없었다. 치료 한 번 받으려다가 중국으로 영원히 추방당할 수 있었다. 이걸 핑계 삼아 유하로 돌아가고 싶기도 했다. 시원한 칭다오 맥주를 마시고 한숨 늘어지게 자고 싶은 생각이 간절했다. 병원 앞까지 갔다가 발길을 돌린 날, 그는 약국에 들러 복대를 샀다. 몸에 붙이는 파스와 달리, 복대는 허리를 단단하게 조였다. 마치 흔들리는 자신의 마음을 붙잡아주는 것만 같았다. 뜰채로 욕조 안을 저어대며 그는 무엇을 먹을까 고민했다. 이미 그의 머릿속엔 구수한 냄새와 걸쭉한 국물이 일품인 청국장찌개로 가득했다. 흐뭇한 표정으로 입맛을 다시다 말고 진봉은 인상을 찌푸렸다. 채를 알루미늄 통에 털다가 손에 지방이 튄 것이었다. 그는 끼고 있던 장갑을 내려다보았다. 하얀 천에 누런 방울이 큼지막하게 맺혀 있었다. 뭉글뭉글한 지방 덩어리를 쳐다보던 그의 머릿속에 비계가 잔뜩 낀 기름진 삼겹살이 떠올랐다. 불판 위에서 지글대며 노릇하게 익어가는 삼겹살. 그는 침을 꿀꺽하고 크게 삼켰다. 어제 마지막 작업을 마치고 그는 단골 기사식당에 들려 삼겹살을 구워 먹었다. 작업장은 심장마비로 죽은 지 두 달 만에 발견된 사십 대 남자의 오피스텔이었다. 남자의 몸에서 빠져나온 분비물의 지독한 냄새가 작업복은 물론이고 머리카락에도 배었다. 머리에 비닐 캡을 뒤집어썼지만 아무런 소용이 없었다. 진봉은 죽은 남자가 남긴 냄새를 삼겹살의 기름지고 고소한 냄새로 지워버렸다.

죽은 남자의 왼쪽 귀가 망에 걸렸다. 연골로 이루어진 귀는 형체가 그대로 남아 있었다. 불판에서 노릇하게 구워진 고기를 골라내듯 그는 망에 걸린 귀를 집게로 집어 알루미늄 통에 넣었다.

죽은 남자의 몸으로 알루미늄 통은 가득 채워지고 있었다.

이제 큰 건더기는 남아 있지 않았다. 진봉은 뜰채로 욕조의 벽면을 긁어 한 움큼의 머리카락을 건져냈다. 오랫동안 손질하지 않은 머리는 단발머리가 연상될 만큼 길었다. 그는 머리카락에 엉겨 붙어 있는 수십 마리의 구더기를 발견하고 깜짝 놀랐다. 도톰하게 살이 오른 구더기가 끊임없이 꿈틀거리고 있었다. 그는 죽은 남자를 이리저리 헤집고 다니며 온몸을 하얗게 뒤덮어 버린 구더기를 상상했다. 온몸에 소름이 돋았다. 구더기가 뜰채를 벗어나 손잡이를 타고 서서히 자신에게 다가오는 것만 같았다. 어느 순간 자신의 손등에 올라타 온몸으로 퍼져갈지 몰랐다. 필사적으로 꿈틀거리는 구더기 떼를 보며 그는 이번 작업이 쉽지 않으리라는 것을 예감했다. 하지만 물러설 순 없었다. 쉬운 일은 어디에도 없었다.

처음으로 일을 시작한 곳은 갈빗집이었다. 숯불을 피우고 나르는 일, 그것이 바로 그가 해야 할 일이었다. 그는 가게 뒤 창고에서 가마에 숯을 넣고 불씨가 꺼지지 않게 관리했다. 갈빗집에서 일했지만 가게 안에 머무는 시간은 매우 짧았다. 숯불을 테이블 위에 놓고 나가는 데 삼십 초면 충분했다. 사장으로부터 첫 월급을 건네받고 창고에서 금액을 확인하던 그는 말없이 가마를 노려보았다. 나무가 갈라진 틈으로 붉은 불꽃이 튀어 오르고 있었다. 백이십 만원 + $\propto$ / 숙식 제공. 진봉은 벼룩신문에서 봤던 숯불갈비 집 구인광고를 선명하게 기억하고 있었다. 그는 데스크로 뛰어갔다. 불만이야? 그럼 신고해. 월급이 약속한 것보다 적다고 항의하는 자신보다 사장이 더 당당했다. 그는 입을 다물었다. 신고할 수 없다는 것을 누구보다 자신이 가장 잘 알고 있었다. 창고로 돌아온 그는 가마 속 불타는 숯불을 향해 침을 퉤 뱉었다. 치지지직. 숯에 닿은 침은 가느다란 연기가 되어 피어올랐다가 금세 사라졌다. 조선족이야? 진봉을 처음 본 사장은 그렇게 물었었다. 그때 이미 그는 마음을 접었다. 가게는 자신과 어울리지 않았다. 고운 한지로 멋을 낸 실내는 고급스러웠고 그곳에서 일하는 사람들은 활기차 보였다. 사장이 그을음이 까맣게 낀 집게를 건넸을 때 그는 말없이 허리를 깊게 숙였다. 고맙습. 그때의 기억을 떠올리며 그는 이마에 맺힌 땀을 손등으로 거칠게 닦아냈다. 값싼 모조품. 그것이 자신을 향한 사장의 시선이었다. 붉게 달아오른 숯불을 뒤로하고 그는 창고를 떠났다. 몇 시간 후면 재가 되어 버려질 운명이었다.

숯불갈비 집을 그만둔 뒤로 그는 여러 곳을 전전했다. 공사장에서 벽돌을 나르고 하루 열다섯 시간씩 컨테이너 벨트 앞에 서서 부품을 조립했다. 그 부품이 어디에 들어가는지 완성이 되면 자동차가 되는지 에어컨이 되는지 그는 알지 못했다. 그저 할 수 있는 일을 묵묵히 할 뿐이었다. 열심히 일하는 것이 그에게 맡겨진 일이었다. 사장이 월급을 주지 않거나 다른 직원들보다 야근을 많이 시킬 때, 함께 일하는 동료들이 자신의 등에 대고 조선족은 인육을 먹는 식인종이라고 수군거릴 때 그는 열심히 다른 일자리를 알아보았다. 그들의 눈앞에서 조용히 사라져주는 것도 그가 해야 하는 중요한 일 중의 하나였다. 그런 의미에서 그가 특수팀에서 일을 시작하게 된 것은 자연스럽고 당연했다. 더럽고 냄새나는 그 일을 한국 사람들은 꺼려했다. 파키스탄, 필리핀, 부탄, 베트남, 몽골…… 진봉은 한 번도 가보지 못한 나라에서 온 사람들과 함께 일을 했다. 모두 고향을 떠나온 사람들이었다.

그는 욕조 물에 둥둥 떠다니는 구더기를 건져냈다. 죽은 듯 가만히 있던 구더기들이 뜰채 안에서 다시 꿈틀거리기 시작했다. 그 모습을 지켜보던 그의 손이 파르르 떨렸다. 조선족 따위에게는 죽지 않을 거라고 강하게 저항하는 것처럼 느껴졌다. 그는 손에 들고 있던 뜰채를 통에 거칠게 털었다. 알루미늄 통 속엔 죽은 남자의 지방과 머리카락이 가득 들어 있었다. 그 안에서 구더기는 서서히 죽어갈 것이었다. 칼로 심장을 찌르거나 관자놀이를 총으로 쏘고 숨을 쉬지 못하도록 목을 조르는 것만이 살인은 아니었다. 뜰채를 든 그의 손이 미세하게 떨리기 시작했다.

특수팀으로 옮기고 두 달 정도 지났을 무렵이었다. 현장에서 돌아온 그가 작업일지를 들고 사무실에 들어갔는데 손님이 와 있었다. 분위기가 이상해서 지금은 그만둔 팀장에게 인사를 하고 얼른 나오려 했다. 처리하고 왔습다. 팀장과 마주앉아 있던 낯선 사내의 눈동자가 갑자기 크게 흔들렸다. 이 조선족 새끼가 그런 겁니까? 사내는 진봉을 쳐다보며 격양된 목소리로 물었다. 팀장이 대답을 하기도 전에 사내가 자리에서 벌떡 일어나 삿대질을 하며 그에게 달려들었다. 니가 뭔데! 누구 맘대로 우리 아버지를 치워! 그의 눈은 아버지를 죽인 살인자를 노려보는 듯한 살기로 번뜩였다. 갑작스러운 고함에 놀라 같이 작업을 나갔던 방글라데시 청년이 문을 열고 들어왔다. 사내는 진봉과 그 청년을 번갈아 노려보며 소리쳤다. 여기는 한국이야. 대, 한, 민, 국. 외국 놈들이 우리 땅에서 난리치고 지랄들이야. 그의 손바닥이 진봉의 뺨을 후려친 건 다음 순간이었다. 뺨을 한 대 때린 후에도 분이 풀리지 않았는지 사내는 씩씩거리며 거친 숨을 몰아쉬었다. 팀장은 사내를 말리며 진봉에게 나가란 턱짓을 했다. 진봉은 영문도 모른 채 뺨을 맞고 사무실을 도망치듯 나왔다. 사내가 일 년 전에 특수팀이 처리한 노인의 아들이란 얘기를 팀장이 그에게 해준 건 그날 저녁 술자리에서였다. 죽은 지 이 년이 지난 후에 발견된 사내의 아버지는 몸 안의 수분이 모두 증발해 미라와 같은 상태였다. 삼 년 전에 죽은 사람의 아들에게 그는 뺨을 맞은 것이었다.

악취로 가득 찬 화장실을 그는 천천히 둘러보았다. 욕조 물에 몸을 담그고 있는 남자의 모습이 눈앞에 그려졌다. 욕조 속 남자는 일어나려다가 힘이 풀려 털썩 주저앉았다. 시간이 흘러 따뜻했던 물은 차갑게 식고 몸은 으슬으슬 떨렸다. 죽음을 예감한 남자는 자신이 살아온 지난날들을 회상하듯 천천히 두 눈을 감았다. 육십팔 년, 진봉이 살아온 날들의 두 배에 가까운 긴 세월이었다. 그의 앞에 보고서에 붙어 있던 현장 사진 속 남자의 물건들이 펼쳐졌다. 남자가 신던 운동화와 남자가 모아둔 음식점 쿠폰과 남자가 사용했던 재떨이였다. 신발 뒤축이 닳은 걸 보면 남자는 발을 끌면서 걷는 습관이 있었다. 부엌 찬장에 쌓여 있는 수십 장의 김밥 가게와 중국집 쿠폰은 남자가 직접 요리하기보다는 배달음식을 주문해 먹는 편이라는 것을, 먼지가 엷게 앉은 재떨이는 남자가 담배를 피우다가 최근에 끊었다는 것을 말해주고 있었다. 진봉은 이마에 맺힌 땀을 손등으로 훔쳐냈다. 숨을 들이쉴 때마다 그는 죽은 사람의 기억들이 자신의 몸 안으로 스며들어와 조용히 속삭이는 것만 같았다. 그러면 죽은 사람이 자신을 통해 다시 살아난 것처럼 그는 숨이 가빠지고 맥박이 빠르게 뛰었다. 죽음은 부패한 몸을 제외한 그 사람의 모든 것을 살아나게 했다. 어느새 화장실은 죽은 남자가 남겨놓은 삶의 흔적으로 빈틈이 없었다.

진봉은 자기 손에 들려 있는 뜰채를 내려다보았다. 손잡이는 칠이 벗겨지고 녹이 슬어 있었다. 그는 지난 이 년 동안 자신이 작업했던 현장들을 하나씩 떠올려보았다. 한때는 누군가의 아버지로 누군가의 딸로 누군가의 연인으로 살았던 사람들. 그의 손이 닿으면 집은 텅 비고 그들의 몸은 한낱 지방덩어리가 되어 의료폐기물처리장에 버려졌다. 사람이 살았던 그곳에는 죽음과 같은 적막만이 가득 찼다. 죽음 이전의 시간은 모두 죽음과 함께 죽었다. 그가 하는 일은 죽음의 흔적을 없애는 일이 아니었다. 그것은 삶의 흔적을 지우는 일이었다. 살아있던 한 사람의 자리를 사라지게 하는 일이었다.

진봉은 처음으로 자신이 하는 일에 대해 생각했다.

갑자기 왼쪽 가슴께가 저릿해왔다. 그는 작업복 위에 가만히 손을 올렸다. 안주머니에 넣어두었던 휴대폰이 진동하고 있었다. 그는 장갑을 벗고 휴대폰을 꺼내들었다. 유하에서 걸려온 전화였다.

큰일 났다. 아바이가 죽었다.

무슨 소리임까.

그는 휴대폰을 굳게 다잡았다.

저네 아부지가 죽었다고.

그의 머릿속에 자식들이 모두 떠난 빈집에서 혼자 죽어가고 있는 아버지의 모습이 그려지기 시작했다. 하지만 그 상상은 오래가지 못했다. 이미 자신의 눈앞에 펼쳐져 있다는 사실을 깨달은 것이었다. 썩고 뭉그러진 한 구의 주검. 그리고 그 옆에 그에게서 살을 도려내고 귀를 떼어내고 머리카락을 다 뽑아버린 다음 그 몸에서 태어난 어린 생명까지 모조리 죽이고 있는 자신이 있었다. 그는 들고 있던 전화기를 떨어뜨렸다. 뭉그러진 지방과 머리카락 사이로 빠져드는 전화를 따라 알루미늄 통속으로 손을 집어넣다 말고 화들짝 놀라 상체를 일으켰다. 중국인도 한국인도 아닌 중국에 사는 조선족으로 살아온 것이 삼십오 년이었다. 아버지와 할아버지의 삶까지 합한다면 백 년이 넘었다. 그가 의지할 데라고는 이십 평 남짓한 작은 고향 집밖에 없었다. 하지만 이제 그는 유하로 돌아갈 수 없었다. 그렇다고 한국에 계속 머무를 수도 없었다. 그는 들고 있던 뜰채를 바닥에 집어 던지고는 벌떡 일어났다.

문지방을 넘어서던 그가 힘없이 비틀거렸다. 이놈의 악취. 그는 혼자 중얼거렸다. 어지럼증으로 눈앞이 가물거렸다. 빨리 일을 끝내고 밖으로 나갔어야 했다는 생각이 뒤늦게 들었다. 그는 붙잡을 무언가를 찾아 손을 허우적댔다. 목이 따끔거리고 눈이 쓰라렸다. 그는 화장실 문을 세게 움켜잡았다. 그 순간 문이 뒤로 젖혀지면서 그는 바닥에 내동댕이쳐졌다. 일어나려 했지만, 몸이 말을 듣지 않았다. 어쩌면 영영 일어날 수 없을지도 모른다는 예감이 그의 온몸을 휘감았다. 고약한 냄새가 나는 화장실이 죽은 남자의 몸으로 가득 찬 알루미늄 통처럼 느껴졌다. 자신이 내뱉는 숨에서도 악취가 나는 것만 같았다.

얼마나 시간이 흘렀을까. 진봉은 처음 이 집에 들어온 시간을 기억해내려고 노력했다. 한 시간 후에 작업반이 합류하기로 되어 있었다. 그가 죽은 남자를 치운 다음 유품 정리를 할 작업자 명단에 적혀 있던 단어들을 되뇌었다. 부탄, 몽골, 부탄, 몽골…… 차가운 화장실 바닥에 누워 그는 동료들을 기다렸다. 죽은 남자와 그의 곁에 혼자 남아 있던 개. 그들이 함께 보낸 마지막 시간들이 느리게 흘러갔다. 아주 느리게. 그는 눈을 감았다. 그러자 부탄 출신 동료가 서랍에 있던 죽은 남자의 양말과 속옷을 쓰레기봉투에 버리는 모습이 보였다. 몽골 출신 동료가 특수비닐에 싸인 소파를 트럭에 실어 소각장으로 보내는 모습도 보였다. 동료들이 죽은 남자의 집안 구석구석을 헤집고 다니며 깨끗하게 정리하고 나면 모든 작업이 끝난다. 텅 빈 집은 진봉과 그의 외국인 동료들이 잠시 머물다간 흔적이었다.

진봉은 크게 심호흡했다. 악취가 맡아졌다. 그는 심한 허기를 느꼈다.

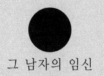

그 남자의 임신

그 남자의 임신

허니문 베이비였다.

모든 것이 현수의 바람대로 흘러가고 있었다. 새로 직장을 구했고 아름다운 여자와 결혼도 했다. 그리고 아내의 몸 안에는 그의 아이가 자라고 있었다. 그는 지난 오 년 동안 부은 적금을 떠올리며 흡족한 미소를 지었다. 아기가 태어날 때쯤이면 만기가 된다. 보일러를 틀지 않고 지냈던 지난겨울과 군대 시절처럼 삼 분만에 머리를 감고 몸을 씻으며 한 방울의 물조차 허투루 쓰지 않고 보냈던 지난여름이 통장 안에 고스란히 들어 있었다. 새로 구입한 차에 아내와 아기를 태우고 나들이 갈 생각에 그는 가슴이 벅차올랐다. 자신의 품에 안겨 잠든 아내를 바라보며 그는 결혼 첫날밤을 떠올렸다.

벽 쪽을 향해 누워 있던 아내가 몸을 돌리며 그에게 말을 건 넸다. 자기야. 공항에서 집으로 온 이후로 저녁 내내 말이 없던 아내였다. 우즈베키스탄 눈 오면 결혼하고 행복해. 우즈베키스탄에서는 눈이 오는 날 결혼하면 행복하게 산다고 믿는 걸 그는 카페 게시판에서 읽은 적이 있었다. 그는 기회를 놓칠세라 재빨리 말을 받았다. 십 년 만의 폭설이군. 한국말이 서툴기 때문일까. 그녀는 아무런 대꾸도 하지 않았다. 둘 사이에 어색한 시선이 몇 차례 오고갔다. 그는 그녀의 침묵이 불편했다. 결혼 첫날 부인이 집을 나가버렸다는 어느 회원의 글이 생각났던 것이다. 그는 오늘 하루 동안 일어난 일들을 되짚어보았다. 공항 주차장에서 자신이 끌고 온 낡은 소형차를 보고 미간을 찌푸리던 그녀의 모습이 제일 먼저 떠올랐다. 피에로 분장을 한 닭 그림이 크게 그려져 있는 그의 차 주변에는 외제차 전시장처럼 다양한 브랜드의 고급 승용차들이 즐비했다. 그는 치킨가게를 시작하면서 구입한 중고차를 여태 몰고 다녔다. 마음에 걸리는 것은 그것만이 아니었다. 길고양이가 찢어놓은 쓰레기봉지로 어지럽혀진 집 앞 골목, 방문을 빼꼼히 열고 눈인사만 하고 들어가 버린 어머니, 모서리마다 흠집이 조금씩 나 있는 중고매장에서 구입한 침대……

생각에 빠져 있던 그는 깜짝 놀라 몸을 움찔했다. 아내가 혀를 길게 내밀어 그의 코를 핥은 것이었다. 우즈벡에서는 이게 화가 났다는 의미일까. 지난 이 년 동안 그는 세 개의 국제결혼 카페에 가입해 수천 개의 글을 시험공부 하듯 여러 번 반복해서 읽었다. 철저하게 준비했다고 내심 자부하고 있던 그였다. 그런데 코를 날름 핥는 이 행동은 어디에서도 본 적이 없었다. 조심스럽게 그는 아내의 표정을 살폈다. 아내는 해맑게 미소 짓고 있었다. 그런 아내를 보며 그는 그녀가 사람의 발길이 한 번도 닿지 않은 곳에 쌓여 있는 눈처럼 새하얗다고 생각했다. 아름답고 신비롭고, 그리고 멀게 느껴지는 아내의 이름을 그는 나지막하게 불러보았다. 나, 타, 샤.

조심스럽게 그는 그녀의 코끝을 살짝 핥았다. 자신이 한 걸음 다가가면 그녀와의 거리를 좁힐 수 있을 거란 생각이 들었다.

여왕의 요리 알아요?

그의 행동에 반색하며 나타샤가 물었다. 그게 무슨 요리인데? 그녀가 원한다면 그는 이번 주말에 그게 아무리 비싸도 그 음식을 먹으러 갈 생각이었다. 하지만 그녀는 실망한 표정으로 고개를 가로저으며 말했다. 드라마예요, 드라마. 그제야 그는 여왕의 요리가 몇 년 전 텔레비전에서 방송된 인기 드라마라는 사실을 기억해냈다. 남자 주인공은 호텔 후계자였고 여자는 그 호텔에서 일하는 보조 요리사였다. 남자는 주방에서 열심히 바닥 청소를 하고 있는 여자에게 다가가 그녀의 코끝을 살짝 핥으며 한 마디 툭 던진다. 당신은 달콤해. 눈도 입도 아니고 왜 코를…… 여자의 물음에 남자는 한껏 포즈를 잡으며 대답한다. 당신의 가장 못난 부분까지 사랑한단 거지.

발그레해진 나타샤의 두 뺨에서 그는 드라마 속 여자 주인공의 모습을 발견했다. 자기야, 라는 낯간지러운 호칭부터 코를 핥는 애정표현까지 나타샤는 드라마 속 주인공을 따라 하고 있는 게 분명했다. 드라마를 보며 한국어를 익혔다는 나타샤의 말도 그의 생각을 뒷받침해주고 있었다. 일본이나 미국처럼 먼 나라의 일로만 여겨졌던 한류 열풍이 서울 변두리 지역에 사는 자신의 코앞에까지 들이닥친 것이다. 드라마의 남자주인공처럼 그는 놀이동산을 통째로 빌려 프러포즈를 하거나 수백만 원짜리 명품가방을 선물할 능력이 없었다. 스무 살을 갓 넘긴 여자가 갖고 있는 건강함이 무엇보다 마음에 들었던 그였다. 문득 그는 나이 어린 나타샤가 갖고 있을 남자에 대한 환상이 걱정되었다.

잠든 그녀의 등을 쓰다듬으며 그는 생각에 잠겼다. 여왕의 요리 말고 나타샤가 본 한국 드라마는 또 뭐가 있을까. 있다면 그건 무슨 내용일까. 최근 몇 년 동안 여자들 사이에서 유행했던 드라마를 떠올리며 그는 남자 주인공 대신 자신을 넣어 보았다. 그러다 그는 드라마 속 주인공을 질투하고 있는 자신을 발견하곤 고개를 세차게 저었다.

밤새 그는 자신이 할 수 있는 것들에 대해 고민했다. 나타샤를 실망시키고 싶지 않았다. 그녀는 현수 한 사람만을 믿고 한국으로 온 그의 아내였다. 그는 외국인 아내를 얻는다고 자신을 깔보았던 사람들 보란 듯이 잘 살고 싶었다. 제일 먼저 낡은 중고차를 새것으로 바꿀 생각이었다. 일요일 오후의 따사로운 햇살 아래 반짝반짝 윤이 나는 검은 세단. 그 차에 나타샤와 아이들을 태우고 나들이 가는 모습을 상상하는 것만으로도 입가에 미소가 번졌다. 현수는 나타샤를 품에 꼭 끌어안았다. 온기가 온몸으로 퍼져나갔다. 그는 자신의 꿈에 한층 가까이 다가간 느낌이 들었다.

버스를 타고 출근한 지 벌써 세 달째였다. 처음 한 달은 집 앞에 세워둔 차 주변을 한참 맴돌다가 시간에 쫓겨 정류장으로 뛰어가곤 했다. 몸무게는 오 킬로그램이나 빠졌고 피부는 바싹 튀긴 닭 껍질처럼 거칠고 푸석해졌다. 그래도 올겨울 태어날 아기를 생각하면 현수는 절로 힘이 났다. 만원버스에 부대끼면서도 콧노래가 흘러나오고 끼니를 건너뛰어도 배가 불렀다. 이참에 그는 오늘부턴 점심값 오천 원까지 줄이기로 마음먹었다. 한 달에 점심값으로 나가는 돈만 십오만 원이었다. 거기에 기름값을 합하면 오십오만 원을 매달 따로 모을 수 있었다. 재고를 정리해야 한다는 핑계로 그는 창고에 혼자 남았다. 식사는 어제 팔다 남은 치킨으로 때우면 되었다.

어이, 치킨. 이거 먹고 밤에 힘이나 쓰겠어.

식사를 마치고 돌아온 생선이 현수를 쳐다보며 말했다. 휴지통에서 그가 버린 닭 뼈를 발견한 모양이었다. 못 들은 척 그는 튀김기에 떠 있는 튀김 부스러기를 체로 건져내기 시작했다. 수산물 코너로 들어가던 생선이 목소리를 낮게 깔며 말했다.

내가 살 테니까 있다 한 잔 마시고 가. 오늘이 마지막이야.

현수보다 먼저 마트에 취직한 생선은 그만두겠다는 말을 입에 달고 살았다. 이놈은 성질이 더러워서 잡히면 금방 죽어버려. 한때 세탁소를 운영했던 생선의 손에는 다리미 대신 고등어가 들려 있었다. 매일 새벽 마트로 배달되어 오는 고등어처럼 생선 역시 내일 출근할 수밖에 없다는 걸 그는 이미 알고 있었다. 체는 금세 새카맣게 타버린 튀김가루로 가득 찼다. 현수는 체를 쓰레기통에 탁탁 털었다. 그리고는 튀김기에 새 식용유를 부어 섞기 시작했다. 거무튀튀하던 오래된 기름이 점점 황금빛으로 변해가는 모습을 그는 담담히 바라보았다. 마치 오늘 콩에서 갓 짜낸 신선한 식용유처럼 보였다.

술 한잔 하자는 생선의 간절한 눈빛을 외면하고 퇴근한 그는 집 앞 편의점에 들러 박하사탕 한 봉지와 딸기 맛 아이스크림 한 통을 샀다. 사탕은 어머니를 위한 것이고 아이스크림은 요즘 들어 부쩍 단것을 먹고 싶어 하는 아내의 것이었다.

어제저녁, 텔레비전을 보던 나타샤의 눈이 잠시 반짝였다. 그 순간을 그는 놓치지 않았다. 요즘 한창 인기 있는 드라마의 여주인공이 아이스크림을 한입 베어 물고는 활짝 웃는 광고였다. 다른 브랜드에 비해 천 원이 더 비쌌지만, 그는 아내를 기쁘게 해주고 싶었다. 그나마 통신사 회원 카드로 할인이 돼서 다행이었다. 그래도 마트에서 사는 것보다 이 백 원이 더 비쌌다.

계산대 뒷벽에 붙은 광고 포스터가 그의 시선을 끌었다. 소주병을 든 여자의 포즈가 섹시했다. 한 병 드릴까요. 그는 시선을 앞으로 옮겼다. 편의점의 밝은 백열등 조명 아래 파란 유니폼을 입은 점원이 밝게 미소 짓고 있었다. 소주 한 잔 걸친 것처럼 그는 입안 가득 무언가 씁쓰레한 것이 밀려왔다. 불과 일 년 전만 해도 자신이 서 있던 자리였다. 그는 고개를 돌려 주변을 둘러보았다. 튀김기가 설치되어 있던 곳에는 신문 가판대가 놓여 있고 벽에는 메뉴판 대신 소주 포스터가 붙어 있었다. 동네에 대형마트가 들어온 지 반년도 안 되어 그가 하던 치킨집은 문을 닫았다. 그리고 그는 그 마트에 취직을 했다. 자신의 치킨집에서 팔던 가격의 절반만 받고 치킨을 파는 일이었다. 한 병 드릴까요. 점원은 여전히 환하게 미소 짓고 있었다. 회상에서 벗어나려는 듯 그는 천천히 고개를 저었다. 그리고 다시 포스터로 시선을 돌렸다. 미니스커트를 입고 다리를 훤하게 내놓은 여자는 조금도 추워 보이지 않았다. 그는 여자가 자신을 비웃고 있는 것처럼 느껴졌다. 난방이 잘 된 따뜻한 편의점에서 두터운 점퍼를 입고 있는 사람은 오직 자신 한 사람뿐이었다. 마치 혼자 한겨울을 맞이한 기분이었다. 얇은 유니폼을 입은 직원의 인사를 뒤로하고 그는 서둘러 자리를 떴다.

현관문에서 그를 맞이한 것은 아내였다. 그는 새삼 자신에게도 아내가 있다는 사실을 실감했다. 평소 같으면 일찍 잠자리에 드는 어머니의 방문을 슬쩍 열어보고는 불 꺼진 거실을 지나 자신의 방으로 들어갔을 터였다. 아내가 차려준 저녁상 앞에 앉은 그의 눈시울이 금세 붉어졌다. 그는 김치찌개를 한 숟가락 떠 입안에 넣었다. 따뜻한 국물이 몸 안에 들어가면서 한순간에 추위가 가시는 느낌이 들었다. 우즈베키스탄에서의 첫날 밤, 그가 도착했다는 소식에 먼 곳에 떨어져 사는 나타샤의 친척들까지 모두 모여 환영 파티를 열었다. 나타샤의 아버지, 어머니, 오빠, 형부, 처제를 비롯해 이웃 주민들까지 환영의 인사로 그에게 술을 건넸다. 계속되는 술 때문에 그는 머리가 지끈거렸지만, 대가족의 따뜻한 가족애가 느껴져서 기분이 좋았다. 장인과 장모의 금슬이 얼마나 좋았던지 안바르라는, 네 살배기 늦둥이까지 있었다. 안바르를 보며 그는 안바르와 같은 아들, 그러니까 단란한 가정을 갖는 꿈에 가슴이 크게 부풀었다. 아내의 가족들은 늦둥이의 존재를 말하기 꺼려했지만 부끄러움을 타는 그 모습조차 그는 보기 좋았다.

브라드 생일이에요.

된장을 듬뿍 묻힌 풋고추를 그에게 내밀며 아내가 말했다.
브라드가 누구인지 그는 묻지 않았다. 아내가 쓰는 돈에 대해
꼬치꼬치 캐묻는 속 좁은 남편으로 비춰지고 싶지 않았다. 이
름이 낯선 걸로 봐선 먼 친척이거나 이웃사람일 것이었다. 풋
고추를 크게 한 입 베어 문 그는 고개를 끄덕였다.

돈 필요하지 않아요.

결혼하기 전, 인터넷 전화로 그의 우즈베키스탄 방문날짜를
정하던 아내가 뜬금없이 말했다. 우리 집은 가난하지 않아요.
컴퓨터에 달린 작은 렌즈를 통해 본 그녀의 얼굴은 거만해 보
일 정도로 진지했다. 가난 때문에 국제결혼을 선택한 것이 아
니라고 말했던 그녀는 그에게 돈을 요구한 적이 한 번도 없었
다. 다만 가족들의 생일, 학교 입학이나 졸업과 같은 특별한
날을 살뜰히 챙길 뿐이었다. 그런 일들이 매달 한두 번씩 꼭
있었다. 이 이야기를 들은 수산물 코너의 동료는 캄보디아에
있는 장모에게 매달 생활비를 송금하는 자신보다 돈이 더 드
는 것 같다며 그를 놀려댔다. 하지만 아버지를 일찍 여의고 어
머니와 단둘이 외롭게 살았던 그는 아무리 많은 돈을 주고도
가족은 살 수 없는 것이라고 생각했다. 나타샤와 결혼한 덕분
에 그는 대가족의 일원이 되었고 그것을 기쁘게 여겼다.

나는 이렇게 편하게 지내고 있는데…… 안바르가 너무 보고 싶어요.

눈물을 흘리는 나타샤를 그는 흐뭇하게 바라보았다. 화목한 가정에서 사랑을 듬뿍 받고 살아온 여자를 아내로 맞이하게 된 것이 행복했다. 홀어머니를 모시고 한집에 살 생각이냐고 물어보던 맞선 자리의 한국 여자들과는 달랐다.

우는 나타샤를 달래 재운 다음, 그는 컴퓨터 앞에 앉았다. 며칠 사이에 국제결혼 카페는 회원이 부쩍 늘어 천 명을 넘어서고 있었다. 게시판은 새로 가입한 사람들이 남긴 인사말과 결혼에 성공했다는 글들로 시끌벅적했다. 가입하는 사람에게는 환영한다고, 결혼한다는 사람에겐 축하한다고 댓글을 달았다. 한 시간 동안 오십 개의 댓글을 쓰고 난 다음에서야 그는 컴퓨터를 끄고 침대에 누웠다. 자정이 훌쩍 넘은 시각이었다. 출근시간까지 겨우 네 시간 남짓 남아 있었다. 오늘은 닭이 들어오는 날이다. 닭이 든 수백 개의 박스를 냉장창고로 옮기는 상상만으로 몸이 으슬으슬 떨려왔다. 현수는 나타샤를 품에 끌어안았다.

미래를 향한 그의 설렘이 나타샤의 배처럼 점점 부풀어 오를 무렵이었다. 가족들과 인터넷 전화를 하던 나타샤가 심각한 얼굴로 방에서 나왔다.

무슨 일이야?

그의 물음에 나타샤는 불룩 나온 배를 쓰다듬으며 울먹였다.

아이 아파요.

다급한 마음에 그는 아이에게 말을 건네듯 나타샤의 배에 대고 질문을 쏟아냈다. 어디가 어떻게 아픈지 응급실에 가는 건 어떤지 자신이 어떻게 해주면 좋은지 그는 머릿속에 떠오르는 말들을 두서없이 꺼내놓았다. 당황한 그를 뒤로하고 나타샤는 벽을 보고 몸을 돌려 앉았다. 입술을 움싹이듯 그녀의 어깨가 들썩이기 시작했다.

울음 섞인 나타샤의 이야기를 다 듣고 났을 때 그는 그녀와 마주할 자신이 없었다. 그는 슬그머니 몸을 옆으로 틀었다. 나타샤의 등이 자신을 지켜보고 있는 것만 같았다.

인천공항에서 다시 만난 안바르는 우즈베키스탄에서 처음 보았을 때보다 훨씬 야위어 있었다. 집에 돌아온 그는 만삭의 나타샤를 대신해 안바르를 씻기고 옷을 갈아입혔다. 그 날 밤, 현수와 나타샤, 안바르는 한 침대에 누워 잠을 청했다. 그는 나란히 누워 있는 나타샤와 아이를 넌지시 바라보았다. 왜 눈치 채지 못했을까, 이렇게 닮았는데. 그는 한순간에 다섯 살 아들을 둔 미혼모로 변해버린 나타샤에게서 눈을 떼지 못했다. 그녀는 비좁아진 잠자리가 불편한지 자꾸 몸을 뒤척였다. 배 속의 아이가 잠을 설칠 텐데. 그도 신경이 쓰여 잠을 청할 수가 없었다.

임신이란 게, 자기 몸 안에 타인을 받아들이는 것이죠.

지난번 정기 진찰 때 태교의 중요성에 대해 설명하던 의사의 말이 떠올랐다.

입덧이 그 증거예요.

아내는 입덧을 안 하는데요.

그의 말에 의사가 진지한 표정으로 물었다.

혹시 요즘 머리가 지끈거리지 않으세요? 가슴이 답답하고…….

그는 고개를 끄덕였다. 역시 의사구나, 마음의 병까지도 진단해내는구나 싶었다. 하소연하듯 그는 자신의 상태를 의사에게 털어놓고 싶은 충동을 느꼈다.

부부 사이가 좋으면 입덧을 대신 하기도 하죠.

의사는 현수의 마른 배를 쳐다보며 말했다. 그 말을 듣는 순간 그는 진짜 아기라도 가진 것처럼 속이 울렁거렸다. 부인에게 잘하셔야 해요. 의사는 산모가 느끼고 생각하는 대로 고스란히 태아에게 전달된다고 덧붙였다. 현수는 아내와 자신의 배를 번갈아 쳐다보았다. 그에게는 선택권이 없었다. 터질 듯한 풍선처럼 위태롭게 부풀어 오른 아내의 배가 그걸 말해주고 있었다.

오래 망설인 끝에 그는 안바르를 품에 꼭 끌어안았다. 그와 아이의 몸이 가까워지자 나타샤에게 몸을 편하게 가눌 공간이 생겨났다. 그는 아이를 좀 더 세게 끌어안았다. 아이가 답답한지 몸을 비틀어댔다. 그는 팔에 힘을 더 주었다. 나타샤의 숨소리가 조금씩 안정을 찾아가고 있었다. 나타샤의 고른 숨소리를 들으며 그는 잠을 청했다. 하지만 정작 그는 깊게 잠들지 못했다.

두 달 뒤, 아내는 그녀를 쏙 빼닮은 딸을 낳았다. 의사와 간호사들은 예쁜 딸이 태어났다며 그에게 축하 인사를 건넸다. 신생아실 창문을 사이에 두고 처음 마주한 아기는 쇼윈도 속 큰 눈과 긴 속눈썹을 가진 마네킹처럼 보였다. 그는 딸의 얼굴에서 자신과 닮은 점을 찾아보려 애썼지만, 번번이 실패했다. 발목에 붙은 이름표가 아니라면 그의 딸이라는 걸 아무도 모를 것이었다. 창문에 비친 자신의 얼굴을 보며 그는 못생긴 아빠가 아닌 예쁜 엄마를 딸이 닮은 것은 다행스러운 일이라고 자위했다. 인형처럼 예쁘지 않느냐고 간호사들에게 자랑하기도 했다. 하지만 서운한 마음이 드는 건 어쩔 수 없었다. 병원에서 아기는 나타샤의 딸로 불리고 있었다.

집으로 돌아온 아내는 두 아이를 돌보느라 분주했다. 아기에게 젖을 먹이다가도 안바르가 칭얼거리면 부엌으로 달려가 간식을 챙겨주었고 엄마 품에 안겨야 잠이 드는 안바르를 재우느라 백일도 안 된 아기를 그에게 맡기기도 했다. 그는 아기를 건네받을 때마다 딸이 잘못되지는 않을지 걱정스러웠다. 관절통이 심해 거동이 불편한 그의 어머니는 혼자 몸을 가누는 것조차 버거워했다. 며칠 동안 고민한 끝에 그는 집 근처 어린이집에 안바르를 등록시키자고 제안했다. 그의 말에 아내는 옆에 앉아 있는 안바르를 품에 꼭 끌어안았다. 안바르 아파요. 보살핌 필요해요. 나타샤의 마음을 이해하면서도 그는 물러설 수 없었다. 엄마의 손길이 필요한 건 아기도 마찬가지였다. 그는 애써 밝게 웃으며 말을 덧붙였다. 다섯 살이면 유치원에 갈 나이야. 그곳에서 또래와 어울리는 것이 애한테도 좋아. 품에 안은 아이를 바라보는 나타샤의 얼굴에 수십 가지의 표정이 나타났다가 사라지기를 반복했다. 안바르를 위한 거야, 어? 그의 재촉에 나타샤가 입술을 지그시 깨물었다. 그리고는 천천히 고개를 끄덕였다. 나타샤의 어깨를 토닥이며 그는 옅은 한숨을 내쉬었다. 이제 모든 것이 조금씩 제자리를 찾아가는 기분이 들었다.

아이 이름은 뭐가 좋을까.

한결 가벼워진 마음으로 그는 아내에게 아기의 이름을 짓자고 말했다. 태어난 지 백일이 지난 지금까지 아기에게는 이름이 없었다. 두 아이를 돌보는 데 신경 쓰느라 마음에 여유가 없었던 탓이다. 그의 물음에 나타샤가 다시금 안바르를 내려다보았다. 그는 그녀가 왜 또 그러는지 이해할 수가 없었다. 딸아이의 이름을 짓는 것과 안바르가 무슨 상관이란 말인가. 그가 말없이 가만히 있자 나타샤는 안바르를 더욱 세게 끌어 안았다. 그녀는 무언의 말을 소리 높여 하고 있는 것이 분명했다. 그의 시선이 안바르가 들고 있던 책에 머물렀다. 나타샤가 틈틈이 시간 날 때마다 들여다보며 공부하는 한국어 회화교 재였다. 순간 그는 그녀가 의도한 행동의 의미를 눈치챘다. 안 바르의 이름! 그녀는 안바르의 한국 이름을 짓고 싶다고 말하 고 있었다. 태명인 '눈'으로 불리는 딸아이처럼 한국 이름이 없 는 안바르도 이름이 없는 것이나 마찬가지라고 생각하는 것 같았다. 유치원 가고 한국 이름 필요하니까. 나타샤가 말은 하 지 않았지만, 그는 그녀의 서툰 한국어를 들은 것만 같았다.

안바르는 어떤 이름이 좋을까.

그는 칭얼거리는 딸아이를 나타샤에게 조심스럽게 건네며 물었다. 그녀가 안바르를 옆에 내려놓고 아기를 받아들었다. 아기는 기다렸다는 듯이 나타샤의 젖을 힘차게 빨기 시작했 다. 엄마의 품에 안겨 있는 딸아이의 평온한 모습에서 그는 한 동안 시선을 떼지 못했다. 이수현 어때요? 평소에 생각해둔 이름이라고 나타샤는 말했다. 그의 이름을 순서만 바꾼 이름. 얼핏 들으면 자신을 부르는 것으로 착각할지도 모른다고 그 는 생각했다. 이수현? 그는 혼잣말하듯 중얼거렸다. 한국어를 알아듣지 못하는 아이가 그를 보며 고개를 갸우뚱했다. 그는 안바르에서 이수현으로 순식간에 이름이 바뀌어버린 아이를 물끄러미 바라보았다. 이수현은 자신과는 피 한 방울 섞이지 않은, 아내의 아들이었다.

나타샤는 한 남자를 사랑했고 그 남자 역시 나타샤를 사랑해서 둘 사이에서 아이가 태어난 것이라고 그녀는 울먹이며 말했다. 그때 그녀의 나이는 열일곱, 남자는 스무 살이었다. 사랑을 하기엔 충분했지만 한 가정을 꾸리기에는 너무 이른 나이였다. 어느 날, 남자는 카자흐스탄으로 떠난다는 쪽지한 장만 남기고 사라졌다. 마치 그의 아버지가 연해주에서 우즈베키스탄으로, 아버지의 아버지가 두만강을 건너 함경북도 경원에서 연해주로 떠나온 것처럼.

고려인 3세라고 했던 나타샤의 첫사랑. 지금 그는 어디에 있을까. 현수의 물음에 나타샤는 고개를 세차게 저었었다. 연락이 닿지 않는다고 그러니까 더 이상 얽힐 일은 없을 것이라고 단호히 말하기도 했다. 파르르 떨리는 나타샤의 입술을 보며 그는 생각했다. 남자는 도망간 것이다. 백 년 동안 자신과 자신의 가족들을 따라다녔던 굴레를 벗어던지고 훌쩍 떠난 것이다. 그 굴레를 아들에게 씌워놓고 남자는 도망갔다는 사실을 나타샤만 모르고 있는 게 분명했다.

안바르의 얼굴에 머물러 있던 현수의 시선이 그 옆에 있는 아내에게로 옮겨 갔다. 그리고는 아내의 품에 안겨 있는 아기에 한동안 머물렀다. 아내와 두 아이들, 그들은 사람 발길이 한 번도 닿지 않은 새하얀 눈처럼 창백했다. 하얀 피부와 큰 눈. 세 사람은 서로 닮아 있었다. 그들 앞에 앉아 있는 누런 얼굴과 작은 눈의 현수만 없다면 완벽한 하나의 가족처럼 보였다. 길거리를 지나다가 사람들이 힐끔거리며 쳐다보지 않을 것이고 동정 어린 표정으로 혀를 끌끌 차는 할머니도 없을 것이다. 술집 여자 바라보듯 나타샤의 몸을 훑는 중년 남자와 눈싸움할 필요도 없을 것이다. 결국 이 모든 것은 현수 자신만 없으면 해결될 문제였다. 불현듯 이곳에서 도망치고 싶은 충동이 그의 마음속에서 거세게 일었다. 우즈베키스탄에서 한국으로 고려인 3세 친부에게서 한국인 양부에게로 안바르가 옮겨 온 것처럼 그 굴레가 이제는 자신을 따라다니는 느낌이 들었던 것이다. 어쩌면 누군가 자신을 시험하고 있는 것인지도 몰랐다. 문득 그는 대출을 받아 힘겹게 시작한 치킨 가게를 닫고 대형마트의 종업원이 되어 닭을 팔고 있는 자신의 삶이 너무나 초라하게 느껴졌다. 그동안 자신의 자리를 만들기 위한 과정이라고 생각했던 것이 사실은 모든 자리에서 자신이 쫓겨나는 과정이었다는 걸 어렴풋이 깨달을 수 있었다. 어디에도 자신의 자리가 없다는 걸 인정할 때까지 이 기나긴 과정은 끝나지 않을지도 몰랐다.

아내와 두 아이를 재우고 그는 컴퓨터 앞에 앉았다. 거의 일 년만이었다. 나타샤가 임신한 이후로 그는 카페에 접속하는 일이 드물었다. 퇴근하면 아홉 시가 훌쩍 넘었고 몸이 무거운 아내를 대신해 빨래와 설거지, 그리고 집 안 청소까지 하고 나면 늘 시간이 부족했다. 요즘은 백일이 갓 지난 아기를 비롯해 안바르까지 갑자기 사람이 늘어 집안이 어수선했다. 그는 서둘러 국제결혼 카페에 들어갔다. 여기는 자신과 같은 처지에 놓인 사람들만의 공간이었다. 정보를 나누고 서로의 이야기를 읽으며 마음의 위로를 주고받는 안식처였다. 비록 가상의 공간일지라도 혼자가 아니라는 것을 느낄 수 있도록 그에게 자리를 내주는 유일한 피난처이기도 했다.

마우스를 굴리며 이야기의 숲을 헤쳐 나가던 그의 손이 점점 느려졌다. 게시판은 여전히 새로 가입한다는 인사 글과 결혼을 축하해달라는 글로 넘쳐났다. 그리고 그런 글들 밑에는 환영과 축하의 댓글들이 수십 개씩 달려 있었다. 예전 같으면 그도 그들 틈에 섞여 앞날에 대한 희망과 계획을 이야기할 것이었다. 하지만 그는 그럴 수 없었다. 마우스를 움켜쥔 그의 손은 길을 잃어버렸다. 한 마리씩 정성껏 튀긴 닭을 팔던 손에는 대형마트에서 대량으로 조리한 구천구백 원짜리 프라이드 치킨이 들려 있고, 한국 여자와 맞선보던 남자는 우즈베키스탄 여자와 결혼을 했다. 잠든 아내의 품에는 자신의 딸 대신 고려인 3세의 아들이 안겨 있었다. 희망이 있던 자리는 텅 비고 미래가 있던 자리에는 과거가 반복되고 있었다. 웃어. 웃으라고. 어디선가 자신을 다그치는 점장의 목소리가 들리는 것 같았다. 그는 자신이 일하고 있는 마트의 치킨 코너를 떠올렸다. 손님들을 향해 얼굴에 경련이 일도록 미소 짓고 있는 자신의 모습이 보였다.

명주실, 쌀, 컴퓨터 마우스, 만 원짜리 지폐, 연필, 마이크.
돌상 앞에 선 수진이 마이크를 움켜쥐자 환호성이 터져 나왔다. 어떤 사람은 사람들을 즐겁게 해주는 개그맨이 될 거라고 말했고 어떤 사람은 한국 최고의 아나운서가 될 거라고 했다. 세계적으로 유명한 가수가 될 거라고 치켜세우는 사람도 있었다. 마이크를 잡은 수진을 둘러싸고 사람들은 축복의 말을 나누느라 분주했다. 그는 멀찌감치 떨어져 그 광경을 지켜보고만 있었다. 사람들이 한마디씩 할 때마다 그는 체한 것처럼 속이 답답했다. 딸아이가 아직 세상 밖으로 나오지 않았을 때였다. 아내가 하지 않는 입덧을 그는 했다. 생쌀만 봐도 비위가 상해 밥은 물론이고 식탁에 올라온 다른 반찬들까지 먹질 못했다. 하지만 신기하게 마트에서 일하는 데는 어려움이 없었다. 닭 누린내와 닭을 튀길 때 나는 느끼한 기름 냄새가 역겹지 않았다. 아내와 어머니, 마트 동료들은 아버지 돈 벌게

도와주는 효심이 깊은 자식이라며 아직 태어나지도 않은 아이를 칭찬했다. 그러면 그는 자신의 배를 살살 쓰다듬으며 어깨를 으쓱하곤 했다. 그러던 어느 날 아침이었다. 화장실에 가기 위해 부엌을 지나는데 비릿한 냄새를 맡아졌다. 바지락을 넣고 미역국을 끓이고 있는 듯했다. 그는 습관적으로 손을 넓게 펴서 코와 입을 막았다. 일 초 이 초 삼 초…… 이상한 일이었다. 몸에서 아무런 신호가 오지 않았다. 그동안의 일을 시치미 떼듯 몸은 조용하고 평화로웠다. 그는 화장실 변기에 털썩 주저앉아 자신의 마른 배를 내려다보았다. 그리고 있는 힘껏 배에 힘을 주었다. 끄응 하고 신음소리가 절로 흘러나왔다.

벽에 기대어 서서 그는 돌상 앞에서 마이크를 달콤한 막대사탕마냥 혀로 핥고 있는 딸아이의 모습을 말없이 지켜보았다. 아내가 딸아이를 가졌을 때 헛배 부른 그의 몸 안에는 아무것도 들어있지 않았다. 그걸 알면서도 그는 담배 피우는 사람이 있으면 멀찍이 떨어져 걸었고 커피나 콜라를 마시지 않았다. 속이 울렁거리고 머리가 어질어질할 때면 그는 마치 자신의 몸 안에서 아이가 자라고 있는 것만 같아 기분이 들뜨곤 했다. 아내 뱃속의 아기처럼 그가 품고 있는 미래에 대한 희망도 조금씩 커져가고 있었다. 하지만 그날 그는 한참동안 변기 안을 들여다보고 있어야 했다. 자신의 몸에서 나온 것이 더럽고 냄새나는 배설물이란 사실을 받아들이는 데는 오랜 시간이 필요했다. 더 이상 입덧이 그를 괴롭히지 않았지만 그는 먹고 싶은 것이 없었다. 달고 짜고 시고 매운 맛의 음식들이 자기 몸을 통과하면 모두 쓸모없는 오물이 될 것이었다.

사람들에게 둘러싸여 까르르 웃음을 터트리고 있는 딸아이를 뒤로하고 그는 테이블로 돌아와 앉았다. 아까 먹다 남은 국수가 퉁퉁 불어 있었다. 젓가락으로 면발을 뒤적거리고 있는 그를 어머니가 나무랐다. 음식 갖고 장난치면 벌 받는겨. 그는 국수를 한 움큼 집어 입안에 가득 넣었다. 재능이나 가능성만으로 성공할 수 있는 것이었으면 그는 웹툰 작가나 애니메이션 제작자가 되어 있을 거였다. 어릴 적부터 그림을 잘 그렸고 상상력이 남달랐던 그였다. 입안에 든 면발을 어금니로 잘근잘근 씹으며 그는 돌상에 앉아 있는 어린 딸을 바라보았다. 아이는 우즈베키스탄 출신 엄마를 닮아 하얀 피부에 오뚝한 콧날을 가졌다. 한국 최고의 아나운서나 세계적인 가수는커녕 혼혈이라고 손가락질 안 받으면 다행이었다. 절망은 기대에서 시작되는 것이다. 시작이 없으면 끝도 없다. 헛된 꿈으로 딸아이를 힘들게 하지 않는 것이 아버지로서 자신이 할 수 있는 최선이라고 그는 확신했다. 대학만 졸업하면 딸아이를 곧장 시집보낼 생각이었다. 사 년제 대학을 나와 대기업에 다니는, 거기에 딸을 진심으로 아껴주는 남자라면 더 이상 바랄 게 없었다.

돌잡이가 끝나고 수진을 향한 사람들의 관심이 시들해질 무렵이었다. 수진이 돌잡이를 하던 자리에 아내가 수현을 앉혔다. 그러자 사람들의 시선이 다시 돌상으로 일제히 쏠렸다. 돌상 앞으로 하나둘씩 모여드는 사람들을 그는 굳은 얼굴로 쳐다보았다. 그들의 눈이 머무는 곳은 돌상이 아니라 수현일 것이 분명했다.

애 데리고 뭐 하는 거냐.

친척어른들의 웅성거림을 의식한 그의 어머니가 아내의 행동을 지적하고 나섰다.

수진이도 했으니까 수현이도……

나타샤의 대답에 그는 미간을 찌푸렸다. 아내가 '애'와 '애'를 구분해내는 것은 불가능했다. 한국어가 많이 늘었지만 모음 하나가 달라졌을 때 발생하는 어감의 차이를 아내가 알아채길 바라는 것은 무리였다. 말끝을 흐린 나타샤는 도움을 청하듯 그를 바라보았다. '애'라는 단어 하나를 사이에 두고 그는 아내와 멀리 떨어져 있는 느낌이 들었다. 그가 아내에게서 느끼는 정서적 거리는 우즈베키스탄과 한국의 지리적 거리보다 훨씬 더 멀 것이었다. 우즈베키스탄 출신 아내의 아들과 자신을 전혀 닮지 않은 딸의 아버지 그리고 스물한 살 미혼모의 남편. 그 어떤 모습도 그가 바라던 것이 아니었다. 그는 슬며시 고개를 돌렸다.

그런데 하필 그의 눈이 머문 곳에 수현이 있었다. 자기 또래보다 한 뼘 정도 작은 키였다.

순간 그는 자신을 향하고 있는 수많은 시선들의 존재를 깨달았다. 돌잔치에 참석한 사람들 모두 이와 같은 상황을 기다리고 있었다는 듯 그와 나타샤, 두 아이를 둘러싸고 있었다. 주변을 두리번거리던 그는 돌상 앞에 앉아 있는 수현을 힐끔 쳐다보았다. 겁먹은 표정으로 아이는 주변의 눈치를 살피고 있었다. 그는 낚아채듯 제일 가까이 놓여 있는 컴퓨터 마우스를 집어 아이에게 내밀었다. 아이가 쭈뼛거리며 마우스를 향해 손을 뻗었다. 그 순간, 나타샤의 손이 그와 아이 사이에 불쑥 들어왔다. 그 바람에 그의 손에 들려있던 마우스가 테이블 위로 툭 떨어졌다. 나타샤와 그의 시선이 허공에서 마주쳤다. 원망이 가득한 눈으로 그를 째려보며 그녀는 아이의 손에 지폐를 쥐여주었다. 돌상 한가운데에 놓여 있던 만 원짜리였다. 사람들이 수군대는 소리가 그의 귀를 자극했다. 그는 재빨리 고개를 돌렸다. 테이블 위에 있는 컴퓨터 마우스를 본 그의 얼굴이 붉게 달아올랐다. 마우스는 뒤집혀서 바닥을 적나라하게 드러내고 있었다. 그는 사람들에게 자신의 속마음을 들켜버린 것만 같았다. 아이에게 컴퓨터 마우스를 내민 것은 빨리 이 상황에서 벗어나고 싶은 마음에서였다. 아이가 빌 게이츠처럼 유명한 컴퓨터 소프트웨어 회사의 대표가 되길 바란 것이 아니었다. 그는 자신의 마음을 감추듯 재빨리 마우스를 움켜잡았다.

이게 뭐 중요한 거라고.

그는 아내를 꾸짖듯 말했다.

지 아빠처럼 돈 없어서 결혼 못 하면 안 되잖아요.

놀란 눈으로 그는 아내를 쳐다보았다. 한 번도 자신의 의견에 반대한 적이 없었던 그녀였다. 그가 무슨 말을 하든 그녀는 그저 고개를 끄덕이거나 희미한 미소를 짓곤 했다. 언제 이렇게까지 한국말이 늘었을까. 나타샤의 말은 한국 사람이 구사한 것처럼 자연스러웠다. 불과 몇 달 전만 해도 그의 도움을 받아야만 사람들과의 대화가 가능했던 나타샤였다. 그는 나타샤에게서 시선을 떼지 못했다. 이제 그녀는 현수의 입이 아닌 자신의 입으로 말을 하기 시작한 것이었다. 지 아빠처럼 돈 없어서 결혼 못 하면 안 되잖아요. 나타샤가 말한 '돈 없어서 결혼 못 한 지 아빠'가 그녀와 아이를 두고 카자흐스탄으로 돈 벌러 떠난 고려인 3세이었을까, 우즈베키스탄으로 가서 돌잡이를 하듯 천만 원을 내고 아내를 고른 자신이었을까 그는 희고 가지런한 치열을 감춘 나타샤의 입을 바라보았다. 그 입은 남편 없이 억척스럽게 살림을 꾸려온 젊은 날의 어머니의 것과 닮아 있었다. 장사만 잘 되면 장가도 가고 집도 사고. 어머니는 걱정하지 마세요. 한때 그 자신도 가졌던 적이 있던 입이었다. 난 이제 망했어. 뭘 해도 난 안 돼. 그 입은 치킨 가게를 처분하면서 함께 사라져버린 것이기도 했다. 자신만의 입을 가졌다가 빼앗긴 그의 눈에 하얀 피부와 흰 치아를 가진 나타샤가 순수하고 아름답게 보이지만은 않았다. 그녀는 아무것도 적혀 있지 않은 백지 답안지처럼 무지하고 누구도 지나간 적이 없는 눈길처럼 무모했다. 처음으로 스물한 살 나타샤의 젊음이 그는 거북스럽게 느껴졌다. 그에게 이십 대는 지나간 시간이었고 다시는 돌이키고 싶지 않은 쓰라린 과거였다. 텅 빈 가게에 혼자 남아 부패한 닭들을 치울 때처럼 그는 온몸에 한기가 돌았다. 말없이 그는 들고 있던 마우스를 돌상 위에 올려두었다. 치킨 가게를 할 때 카운터에서 사용하던 마우스는 그의 손때가 묻어 어두운색을 띠었다.

돌잔치가 끝나갈 무렵, 나타샤가 그의 귀에 속삭였다.

돈을 벌 거예요.

나타샤의 목소리는 작았지만, 발음은 정확했다. 나타샤는 그렇게 자신의 무능함을 조용히 꾸짖었다. 그는 적금을 타고 나서도 새 차를 살 수 없었다. 그 돈은 모두 안바르의 수술비로 들어갔다. 하지만 아이의 병은 낫지 않았다. 몇 차례의 수술을 더 받아야 했고 그 비용은 고스란히 그의 몫이었다. 월급 백오십만 원을 받는 그가 감당할 수 없는 큰 액수였다. 그가 할 수 있는 것은 없었다. 아이는 백혈병을 앓고 있었다. 아이의 아버지가 그 병으로 아팠던 것처럼 아이가 고통스러워하는 모습을 지켜보는 수밖에는 없었다. 유전병 앞에서 그는 또한 번의 좌절을 경험했다. 분노가 치밀거나 눈물이 나진 않았다. 그는 담담하게 자신의 앞에 놓인 상황을 받아들였다. 그것이 자신이 할 수 있는 유일한 일이라는 걸 그는 경험으로 알고 있었다.

서빙이랑 설거지 그런 거지요 뭐.

친구가 소개해준 식당이라는 그녀의 말에 그는 한국 남자와 결혼해 옆 동네에 살고 있는 우즈베키스탄 여자를 떠올렸다. 얼마 전에 노래방 도우미를 시작했다던 나타샤의 고향 친구였다. 정말 식당에서 일하는 걸까. 그는 어딘가 석연치 않았다. 그렇다고 나타샤를 말릴 수는 없었다. 이제 더 이상 그가 할 수 있는 일은 남아 있지 않았다. 안바르, 아니 수현에게는 돈이 필요했다.

언제부터 나가는데?

내일.

함박눈이 내린다.

그는 우두커니 앉아 텔레비전을 보고 있었다. 마감뉴스에서 요즘 한창 화제가 되고 있는 살인사건에 관한 이야기가 흘러나왔다. 술집여자를 상대로 한 연쇄살인이었다. 밤은 깊어가고 눈은 수북이 쌓여가고 있었다. 그는 아내에게 전화를 걸었다. 아내의 휴대폰은 꺼져 있었다. 멀리서 길고양이의 울음소리가 들려왔다. 마치 작은 체구의 여자가 내지르는 가냘픈 비명소리 같았다. 술에 취해 새벽에 들어온 적은 있어도 들어오지 않은 날은 없었던 아내였다. 그는 가슴이 두근거려 가만히 앉아 있을 수가 없었다. 그는 창문을 열고 밖을 내다보았다. 사방이 암흑이었다. 보이는 것은 하늘에서 내리는 하얀 눈뿐이었다. 우즈베키스탄에서는 눈이 오는 날 결혼하면 행복하게 산다고 했다. 그 말을 해준 것이 아내였던가. 어쩌면 카페 게시판에서 읽은 것인지도 몰랐다. 그는 도통 기억이 나질 않았다. 그는 고개를 가로저었다. 그런 건 아무래도 상관없었다. 아내는 집에 들어오지 않고 젖을 떼지 못한 딸아이는 건넌방에서 할머니의 품에 안겨 잠들어 있었다. 그는 무너지듯 바닥에 털썩 주저앉았다.

뉴스가 끝나고 일 년 전 방영되었던 드라마가 재방송되기 시작했다. 아내가 즐겨 보던 연속극이었다. 나타샤처럼 얼굴이 하얀 여자가 자신의 연인을 불렀다. 수현 씨. 주저하는 남자의 등에 대고 여자는 다시 한 번 크게 이름을 불렀다. 이수현! 남자가 뒤를 돌아보려는 순간, 그는 옆에 앉아 드라마를 보고 있는 아이에게로 시선을 옮겼다. 이수현. 아이의 이름은 드라마 속 남자 주인공과 같았다. 그동안 자신의 이름에서 따온 것이라고 믿어왔던 그였다. 그는 섬뜩한 기분에 사로잡혔다. 너무 당연하다고 생각했다. 그래서 의심조차 해본 적이 없었다. 그는 화면 속 남자로 시선을 다시 돌렸다. 이수현이란 이름을 가진 그 배우는 키가 크고 잘생겼으며 외제 스포츠카에 여자를 태우고 어디론가 가고 있었다. 거리를 질주하는 차 뒤로 명품브랜드 로고가 새겨진 특이한 외양의 건물들이 길게 이어졌다. 일 년 치 그의 월급을 모아야 살 수 있다는 이탈리아 장인이 만든 선글라스가 쇼윈도 안에서 그를 노려보고 있었다.

나타샤가 돌아오지 못할 수 있다는 불안감이 그를 엄습했다. 아내가 있던 자리에 앉아 있는 것은 아내의 아들이었다. 아내를 위한 자리는 남아 있지 않았다. 나타샤는 돌아오지 않는 것이 아니라 그러지 못하는 것이 분명했다. 이제 그는 자신이 나타샤의 남편이 아니라 한때 안바르라는 이름을 가진 적이 있었던 이수현의 아빠로 사람들에게 기억될 거란 생각이 들었다. 문득 고려인 3세였다는 아이의 아빠가 떠올랐다. 상상 속 얼굴의 윤곽이 선명해질 무렵 그는 화들짝 놀라 고개를 세차게 저었다. 그가 떠올린 것은 고려인 3세가 아니었다. 그건 바로 자신의 얼굴이었다. 입에서 짧은 신음소리가 흘러나왔다. 텔레비전 화면에 시선을 고정하고 있던 아이가 고개를 돌려 그를 보았다. 그리고는 씨익 웃었다. 그는 가슴 한구석이 저릿해오는 것을 느꼈다. 아이는 어린 시절 그가 지나왔던 길의 한복판에 놓여 있는 것처럼 보였다.

그는 질끈 눈을 감았다. 아무것도 보이지 않았다.

눈이 내리지 않는 세상은 조용하고 평화로웠다.

라지 조지

라지 조지

    샤워를 마친 그는 냉장고에서 생수를 꺼내 들었다. 클럽에서 마신 술 때문인지 소금을 한 움큼 입에 넣은 것처럼 갈증이 났다. 단숨에 생수 한 통을 비워내고선 고개를 돌려 침대 쪽을 바라보았다. 여자는 아직 잠들어 있었다. 갑자기 짜증이 치밀어 올랐다. 화장실 문을 나서면서 여자가 사라진 텅 빈 침대와 마주하길 바랐던 그였다.

    손에 들고 있던 생수병을 세게 움켜쥐었다. 여자는 사적인 공간에 침입한 무례한 존재였다. 여자를 쫓아내고 싶었다. 그는 여자를 향한 알 수 없는 분노를 느꼈다. 무례한 침입자를 향해 빈 생수병을 집어던졌다. 생수병은 침대 모서리에 맞고 다시 그의 발 가까이 굴러왔다. 생수병을 다시 집어 들었다.

이번에는 신중하게 조준해서 던졌다.

따악. 생수병은 여자의 머리에 정통으로 맞았다. 그는 여자
의 반응을 살폈다. 잠결에 일격을 당한 여자는 자신이 처한 상
황을 파악하려고 두리번거릴 것이었다. 그러면 그는 아무 일
없다는 듯 여자를 향해 활짝 웃어줄 생각이었다. 클럽에서 여
자를 처음 만났을 때처럼 예민하게 여자의 동작을 살폈다. 원
정경기에 나선 디트로이트 타이거즈의 투수 저스틴 벌랜더가
던진 공이 포수의 글러브에 들어간 다음 순간 심판의 반응을
지켜보는 기분이었다. 여자는 머리를 좌우로 흔들며 얕은 신
음 소리를 냈다. 야구하기 좋은 날씨군. 그는 플린트의 청명한
여름 하늘을 떠올리며 중얼거렸다. 태어나서 대학교를 졸업
하고 한국에 오기 전까지 삼십일 년의 세월을 플린트에서 지
냈다. 모든 그의 추억은 플린트를 배경으로 펼쳐졌다. 그는 조
심스레 여자가 누워 있는 침대 옆으로 다가갔다. 그리고 잠에
서 깨어날 듯 몸을 뒤척이는 여자를 흐뭇하게 쳐다보았다.

잠시 후 여자는 다시 고른 숨을 내쉬기 시작했다. 다시 잠에
빠져든 것이었다. 순간 그는 조롱당한 것 같은 불쾌한 기분에
사로잡혔다. 이대로 물러날 수는 없었다. 여자를 노려보던 그
의 얼굴에 희미한 미소가 스치고 지나갔다.

화장실로 들어간 그가 일회용 면도기와 면도 크림을 챙겨
나왔다. 그리고는 여자의 몸을 반쯤 가리고 있는 이불을 벗겨

냈다. 그는 벌거벗은 여자의 수북한 덤불을 노려보았다. 그것이 불길처럼 번져가다가 여자의 몸을 순식간에 덮어버리는 장면을 잠시 상상했다. 온몸에 소름이 오싹 끼쳤다. 그는 여자의 덤불에 면도 크림을 듬뿍 바르고 꼼꼼하게 밀어냈다. 깨끗해진 여자의 그곳에는 성조기 스티커 문신을 붙였다. 클럽 앞 가판대에서 사서 손목에 붙이고 남은 것이었다. 그의 침에 젖은 스티커는 여자의 그곳에 찰싹 달라붙어 선명한 빛을 띠었다. 죽은 듯 잠들어 있는 여자를 내려다보던 그는 다시 거기가 빳빳해지는 것을 느꼈다. 이 순간 플린트 출신의 키 작고 뚱뚱하고 소심한 백인 남자는 여기에 없었다. 그는 여자의 몸으로 힘차게 들어갔다.

현관에 들어서던 그는 어지러운 듯 비틀거렸다. 더 잤어야 했는데. 자신이 나올 때까지 곤히 자고 있던 여자를 떠올리며 인상을 찌푸렸다. 여자만 아니었으면 아직까지 그 침대에 누워 있을 것이었다. 그의 눈이 신발장 옆에 있는 피자 상자 더미에 머물렀다. 먹다 남긴 피자 한두 조각이 남아 있을지 몰랐다. 속을 달래는 데는 피자만 한 것이 없었다. 그는 맨 위에 놓여 있는 피자 상자를 흘깃 쳐다보았다. 처음 보는 브랜드였다. 새 사람이 들어온 건가. 층층이 쌓여 있는 피자 상자의 종류는 이 집에 살고 있는 사람들의 국적만큼 다양했다. 파파존스, 리

틀 시저스, 도미노…… 이십 평 아파트에 무려 여섯 명의 성
인 남자가 살고 있었다.

피자 상자를 들추던 그는 뒤로 주춤 물러났다. 심한 악취가
코를 찔렀다. 상자 안에는 피자 대신 토사물이 있었다. 그는
집안에 여자가 있다는 사실을 눈치챘다. 배달되어 온 피자가
여자의 몸으로 들어갔다가 상자 안에 다시 담기기까지의 과
정이 눈앞에 그려졌다. 클럽에 가길 좋아하는 마이클인가. 유
명 영화배우를 닮아 인기가 많은 톰인가. 어쩌면 지난주에 새
로 온 데이비드일 수도 있었다. 처음에는 매일 같이 샤워를 하
고 방안을 쓸고 닦던 그였지만 불과 며칠 만에 용변을 보고
물을 내리지 않을 정도로 적응력이 빠른 녀석이었다. 바닥에
널브러져 있는 과자 봉지와 맥주 캔들을 피해 그는 발꿈치를
들고 조심스럽게 발걸음을 옮겼다.

방문을 열자 검은 머리의 여자가 눈에 들어왔다. 그는 긴 한
숨을 내쉬었다. 이곳에도 자신이 있을 곳은 없었다. 그는 알몸
의 여자를 껴안고 잠들어 있는 데이비드를 물끄러미 바라보
았다. 병을 앓고 있는 사람처럼 녀석의 얼굴은 창백하고 수척
해 보였다. 한국에 왜 왔느냐는 질문에 활짝 웃던 녀석이 떠올
랐다. 한 달에 이천 달러씩 받고, 집세랑 관리비 안 내고, 비행
기 값 공짜고, 에이즈 걱정 없이 원나잇스탠딩을 할 여자가 지
천인 이보다 좋은 조건은 없으니까. 녀석의 환한 미소를 생각

하며 그는 주문을 외듯 주르르 늘어놓았다. 이보다 좋은 조건
은 없어. 없어. 없다고. 그는 여자와 데이비드가 벗어놓은 옷
들을 구석으로 밀어냈다. 그러자 작은 공간이 생겨났다. 옷도
갈아입지 않은 채 그는 벽을 보고 옆으로 누웠다.

등 뒤에서 데이비드의 코 고는 소리가 들려왔다. 그는 두 눈
을 감았다. 친구들의 집을 전전하던 시절이 생각났다. 한순간
에 집이 사라져 버린 그를 위해 친구들은 자신들의 방을 내주
었다. 컨테이너 촌에 들어가기 전까지 그는 친구들과 함께 지
냈다. 그리운 친구들의 얼굴을 하나씩 떠올려보았다. 미식축
구팀에서 쿼터백을 맡았던 케빈은 군인이 되어 이라크에 가
있었고, 햄버거를 좋아했던 스미스는 맥도날드 매장에서 패
티 굽는 일을 하고 있었다. 일자리를 찾아 디트로이트로 떠난
제이는…… 얼마쯤 시간이 흘렀을까. 졸음이 몰려왔다. 그는
몸을 웅크렸다.

멀리서 문 열리는 소리가 들렸다. 벌써 아침인가. 그는 슬며
시 눈을 떴다. 어둠 속에서 보이는 것은 아무것도 없었다. 순
간 온몸의 털이 다 곤두서는 것 같았다. 잠을 더 잘 수 있다는
안도감보다 누군가 집안으로 들어왔다는 불안함이 더 컸다.
도둑인가. 아까 집에 들어올 때 문을 잠그지 않았다는 사실이
생각났다. 피자 때문에, 아니 이 모든 것이 여자 때문이었다.
그는 짜증이 밀려왔다. 모텔에서 쫓기듯 나온 일부터 차가운

바닥에서 새우잠을 자고 있는 지금의 상황까지 모두 마음에 들지 않았다. 도둑에게 두들겨 맞기라도 한다면 그건 정말 참을 수 없을 것 같았다. 그는 밖에서 나는 발소리에 귀를 기울였다. 도둑은 한 명이나 둘일 거란 생각이 들었다. 현재 집에는 여섯 명의 성인 남자가 있었다. 데이비드가 데려온 여자까지 합한다면 일곱 명이었다. 도둑이 칼이나 권총을 들고 있지 않다면 해볼 만한 싸움이었다. 그는 자리에서 일어났다. 그리고 문을 벌컥 열었다.

눈 앞에 펼쳐진 광경을 보고 그는 깜짝 놀랐다. 집이었다. 포로수용소처럼 비좁고 더러운 지금의 아파트가 아니라 부드러운 카펫이 깔려 있고 편안한 소파가 놓여 있는 플린트에 있는 진짜 자신의 집이었다. 그는 두 눈을 크게 뜨고 주변을 둘러보았다. 아무것도 달라지지 않았다. 자신이 살던 그 모습 그대로였다.

권총을 든 도둑이 없다는 사실에 안도하는 그의 앞에 두툼한 서류 뭉치를 든 남자가 모습을 드러냈다.

집을 비워주셔야겠어요.

그는 한눈에 그 남자를 알아보았다. 부동산 중개인이었다. 남자는 가끔 친구들과의 대화 속에서 서로의 이름을 들을 정도로 삼십 년 넘게 알아온 한 동네 주민이기도 했다. 중개업자와 함께 온 인부들도 지나가다 한두 번쯤 가벼운 대화를 나누

었던 사람들이었다. 가깝게는 친구로 멀게는 친구의 친구쯤
으로.

여긴 내가 삼십 년 넘게 살아온 집이야.

그의 말에 부동산 중개인은 무표정한 얼굴로 서류를 내밀
었다. 거기에는 그가 갚지 못한 빚의 액수가 적혀 있었다.

난 태어나서 이 집 말고는 살아본 적이 없어.

중개인을 막아서던 그의 목소리에는 힘이 빠져 있었다. 태
연한 얼굴로 중개업자는 서류 파일을 뒤적거리며 그가 물러
나기만을 기다리고 있었다.

누가 뭐래도 이 집은 내 집이야.

그의 말은 사람들의 발소리에 묻혀 금세 공기 중으로 흩어
졌다. 집 안 구석구석을 휘젓고 다니는 우람한 체격의 백인 남
자 세 명을 그는 무력하게 바라보았다.

찰리, 한 달만 시간을 더 줘. 딱 한 달만.

부동산 중개인은 소용없다는 듯 어깨를 으쓱해 보였다. 그
는 창문에 판자를 덧대어 망치질을 하고 있는 사람들에게 다
가갔다.

잭, 이러지 마.

나도 좋아서 이러는 게 아냐.

그럼 안 하면 되잖아.

목수질이 내 일인데 어떡하란 말이야.

못질을 끝낸 잭은 망치를 들고 반대편 창문으로 이동했다.

바로 너에게도 생길 수 있는 일이야.

그는 잭의 등에 대고 소리를 질렀다. 소파에 기대어 서류를 살펴보던 중개업자는 그를 힐끔 쳐다보며 말했다. 돈만 제때 갚았으면 쫓겨날 일이 없지. 아무런 감정이 실려 있지 않은 건조한 말투였다. 그는 체념한 듯 눈을 감았다.

그리고 밝은 빛에 놀라 눈을 떴다.

시계는 벌써 아홉 시가 넘어 있었다. 요즘 들어 자꾸 꿈에 미국에서 살던 집이 등장했다. 삼십 년 넘게 산 집이었지만 그 형체가 조금씩 흐릿해지고 있었다. 미국을 떠난 지 이년 째였다. 매번 꿈속에서 그는 자신이 태어나고 자란 집에서 쫓겨났다. 무거운 몸을 이끌고 그는 자리에서 일어났다. 오늘도 지각이다.

웨어 알 유 프롬?

아이들은 또랑또랑한 목소리로 따라했다. 다시 한 번 그는 느리게 말했다. 웨어 알 유 프롬? 이번에도 아이들은 앵무새처럼 그의 말을 흉내 내려고 안간힘을 썼다. 그는 맨 앞에 앉아 있는 여자아이에게 살짝 고갯짓했다. 켈리. 그것은 일종의 두더지잡기 게임과 같았다. 한 명을 지목해 시키고 나면 순식간에 교실은 조용해졌다. 간식으로 싸온 과자를 꺼내먹거나 옆 친구와 한국어로 떠들던 아이들은 자기 이름이 불릴지 모른다는 불안감에 바짝 얼어붙었다. 집단의 일원이 아닌 한 사람의 개인으로서 오롯이 존재할 때의 두려움과 공포. 그런 감정을 그는 누구보다 잘 알고 있었다.

웨어 아 유 프롬?

말을 끝낸 아이는 그에게서 시선을 거두지 않고 있었다. 마치 그 모습이 그의 대답을 기다리는 것처럼 보였다. 아임 프롬 호옴. 마지막 단어에 그는 강세를 넣어 길게 끌었다. 아이가 그의 말을 그대로 따라했다. 아임 프롬 호옴. 그런 아이를 그는 물끄러미 쳐다보았다. '홈'을 발음하는 아이의 표정은 어미 새에게 먹이를 받아먹는 새끼 새의 그것처럼 순수하고 깨끗했다. 다섯 살 아이의 눈에 비친 세상은 엄마의 품처럼 따뜻하고 너그러울 것이었다. 그는 아이에게 무언가 말하고 싶은 충동을 느꼈다. 하지만 그럴 수 없었다. 그의 말을 이해하기엔 아이가 너무 어렸고 그는 한국어를 하지 못했다. 오히려 그것이 다행이라고 생각하며 그는 천천히 고개를 돌렸다. 그의 눈에 반에서 키가 제일 큰 남자 아이의 모습이 들어왔다. 케빈, 잇츠 유얼 턴. 그는 무거운 짐을 떠맡기듯 재빨리 아이를 호명했다. 웨어, 아, 유, 프롬? 아이는 더듬거렸지만 정확하게 문장을 기억하고 있었다. 굿잡. 테이크 어 브레이크. 도망치듯 그는 교실을 빠져나왔다. 복도는 이미 수업을 마친 아이들로 번

잡했다. 병아리 떼처럼 종알거리는 아이들을 피해 그는 교무실로 빠른 발걸음을 옮겼다.

교무실은 텅 비어 있었다. 수업을 마치고 모두 점심을 먹으러 나간 모양이었다. 그는 의자에 앉아 창밖으로 시선을 돌렸다. 학원 앞에는 수십 대의 승용차들이 주차되어 있었다. 아이들을 데리러 온 학부모들의 차였다. 학원 버스가 운행되고 있지만 언제나 학원 앞에는 아이를 기다리는 부모들로 붐볐다. 주차된 차들을 훑어보던 그의 눈이 파란색 차에서 멈춰 섰다. 뷰익 라크로스였다. 차종은 달랐지만 집을 지키는 개처럼 항상 그의 집 앞에 세워져 있던 차와 같은 회사의 것이었다. 그는 일요일마다 아빠와 함께 차에 왁스를 발라 광을 내던 기억을 떠올렸다. 일요일 아침에 그의 가족들은 예배를 드리러 교회에 갔다. 교회 건물은 동네 사람들이 몰고 온 차들로 둘러싸여 있었다. 모두 제너럴 모터스에서 생산된 차들이었다. 예배가 끝나고 나면 사람들은 교회 정원에 모여 커피와 쿠키를 먹으며 이야기를 나누었다. 때로는 한 교회를 다니는 성도로서 때로는 같은 직장을 다니는 동료로서 어른들은 서로의 일상을 공유했다. 아이들은 그런 그들의 주변을 웃으며 뛰어다녔다. 어린 시절의 그는 아빠처럼 공장의 조립 라인에서 제너럴 모터스 차를 만드는 자신의 모습을 상상하곤 했다. 그건 먼 미래의 일이나 이루기 어려운 꿈이 아니었다. 늘 자신과 함께 있는 아빠의 존재처럼 가깝고 자연스러운 일이었다. 매년 여름 휴가 때가 되면 올즈모빌 컷러스에 가족들을 태우고 전국을 누비고 다니는 아빠는 스타워즈에서 광선검을 휘두르며 악당들을 제압하는 제다이처럼 멋지고 그래서 닮고 싶은 사람이었다. 40 Wall Street New York 10005. 월스트리트의 주소 팻말 아래 브이 자를 하고 활짝 웃고 있는 자신의 사진을 보며 그는 그 자리에 자신을 닮은 아이를 넣어 보곤 했다.

뷰익 라크로스의 헤드라이트가 켜졌다. 그 빛을 따라 한 아이가 차를 향해 뛰어갔다. 그는 아이가 차문을 열고 좌석에 앉아 운전석의 엄마와 눈을 맞추는 모습을 쭉 지켜보았다. 아이의 엄마는 서른둘이나 셋, 자신과 비슷한 나이일 것이다. 그는 자신이 면접했던 학부모들을 떠올렸다. 영어 잘하는 부모 밑에서 자란 아이들이 빨리 배우는 법입니다. 원장이 시킨 말로 그는 면접을 시작했다. 그러면 부모들은 선생님의 말씀을 경청하는 모범생처럼 고개를 끄덕였다. 면접은 이름과 나이, 직업 등과 같은 기초적인 인적 사항부터 교육방식과 생활신조까지 다양하고 심층적인 질문들로 진행되었다. 그는 질문하고 부모들은 대답했다. 그리고 아이들은 그런 부모의 손을 꼭 잡고 있었다.

창밖을 내려다보던 그는 시선을 돌려 벽에 걸려 있는 시계를 힐끔 쳐다보았다. 한 시였다. 한 무리의 차가 떠난 자리에 다른 무리의 차들이 몰려올 시간이었다. 그는 무거운 몸을 일으켜 아이들이 기다리고 있는 교실로 향했다.

　오후 수업은 영화를 감상하고 몇몇 장면에 나오는 대사를 따라 해보는 방식으로 진행되었다. 원장의 말대로 영어 대사를 주고받으며 연기하는 것이 스피킹은 물론이고 표현력과 사회성까지 향상시키는 것인지는 모르겠지만, 그는 이런 수업방식을 좋아했다. 어젯밤처럼 잠을 설친 날에는 아이들이 영화를 관람하는 동안 잠시 눈을 붙일 수 있었다.

　영화가 시작되자 스크린에 반사된 빔 프로젝트의 광선으로 아이들의 눈빛이 반짝거렸다. 어느 한적한 마을에 우주선을 타고 등장한 외계인과 그곳에 사는 아이들과의 우정을 다룬 영화 ET였다. 어린 시절의 자신처럼 그는 아이들도 이 영화를 좋아할 것이라고 생각했다. ET가 죽으면 눈물을 흘리고 다시 살아났을 때는 기쁨의 환호성을 지르리라. 비록 영어 대사를 다 알아들을 수는 없겠지만 영화 속 인물들의 표정과 몸짓만으로도 감동이 전해질 것이라고 기대했다.

　하지만 우주선에서 ET가 내리는 순간, 아이들의 입에서는 비명이 터져 나왔다. 징그럽게 생겼다고 손으로 눈을 가리고는 울음을 터트린 아이, 너희 나라로 돌아가라고 소리 지르는 아이, ET가 스크린에 나오지 못하도록 손바닥으로 빔 프로젝트에서 나오는 빛을 가리는 아이…… 아이들은 자신들과 다르게 생긴 ET를 강하게 거부하고 있었다. 아이들의 반응은 예상 밖의 것이었다.

문이 열리면서 원장이 불쑥 들어왔다. 아이들이 웅성거리는 소리가 원장의 귀에 들어간 모양이었다. 평소 원장은 복도를 어슬렁거리며 수업 중인 교실 안을 살펴보곤 했다. 원장은 불을 켜고 교실 뒤편에 앉아 있는 그를 째려보았다.

체인지 무비!

그에게 아무것도 묻지 않았다. 그저 다른 영화로 교체하라는 지시만 남기고 원장은 자리를 떴다. 원장은 명령을 내리는 사람이었고 그는 그걸 충실히 이행해야 하는 사람이었다. 원장이 건넨 계약서에는 그렇게 쓰여 있었다. 그것에 사인을 한 건 그였다. 문을 닫고 나가는 원장의 뒷모습을 그는 말없이 바라보았다.

교실에는 다시 아이들과 그만 남았다. 컴퓨터에 저장되어 있는 영화 목록을 살펴보던 그는 순간 짜증이 밀려왔다. 어젯밤부터 마음대로 되는 것이 하나도 없었다. 모텔에서 쫓기듯 나오고, 집에 돌아와서는 차가운 바닥에 누워 새우잠을 자고, 학원 원장은 경멸하는 눈초리로 쳐다보고, 아이들은…… 그는 시선을 돌려 아이들을 쳐다보았다. 검은 머리에 노란 얼굴을 가진 열네 명의 아이들은 자신이 알아들을 수 없는 한국어로 시끄럽게 떠들고 있었다. 문득 그는 자신이 영화 속 외계인일지도 모른다는 생각이 들었다. 아이들이 싫어하고 쫓아내고 싶어 하는 것은 ET가 아니라 파란 눈과 노란 머리의 미국인인 것이다. 그는 자기들끼리 즐겁게 이야기하고 있는 아이들을 노려보았다. 아무것도 모른다는 듯 아이들의 순진한 표정이 눈에 거슬렸다. 집 앞마당에 세워져 있는 도요타 자동차를 처음 발견했을 때의 느낌이 되살아났다.

여름휴가가 끝났지만 아빠는 회사로 돌아가지 않았다. 열 살의 그는 뉴스 앵커가 보도하는 자동사 회사의 대량해고와 경기침체를 이해하지 못했다. 다만, 제너럴 모터스 자동차가 있던 자리에 도요타 로고가 새겨진 차가 세워져 있다는 사실에 화가 났다. 무명의 개그맨이 나와 우스꽝스럽게 설명하던 광고 속 그 자동차였다. 도요타 자동차를 피해 그는 앞마당을 거치지 않고 뒷문을 이용해 집을 들락거렸다. 대형마트로 장을 보러 가야 한다거나 병원에 진료를 받으러 갈 때는 숨을 죽인 채 뒷좌석에 몸을 웅크려 타곤 했다. 그에게 제너럴 모터스 차는 자동차 이상의 의미를 가지고 있었다. 그 차는 그의 꿈이었고 아버지였고 또 미래였다. 도요타 자동차는 그 모든 것을 빼앗아 간 도둑일 뿐이었다. 그리고 남의 자리를 차지한 침입자에 불과했다.

새로 틀어준 스타워즈를 즐겁게 보고 있는 아이들을 바라보며 그는 친구들의 집 주차장에 세워져 있던 도요타 자동차를 떠올렸다. 누가 누구한테 손가락질을 하고 누가 누가에게 등을 돌리는 거지. 회사에서 해고당한 아빠가 제너럴 모터스 차를 팔고 도요타 자동차를 산 것은 저렴한 가격 때문이었다. 성능이 좋거나 디자인이 세련돼서 그런 것이 아니었다. 그가 아이들에게 깨우쳐주고 싶은 것은 바로 그것이었다. 영어는 그의 모국어였고 영어를 배우려는 것은 아이들이었다. 자신은 그걸 도와주기 위해 이 자리에 있는 것이었다. 한국어를 할 줄 안다고 거들먹거릴 처지가 아니라는 것을 아이들은 잊고 있었다.

스타워즈가 끝나고 그는 아이들이 연기해야 할 영화 속 대사를 화이트보드에 적었다.

VADER: If you only knew the power of the dark side.
Obi-Wan never told you what happened to your father.
(네가 어둠의 힘을 알기만 한다면… 오비완이 네아버지의 이야기를
해주지 않더냐?)
LUKE: He told me enough! He told me you killed him.
(이미 충분히 들었어! 네가 내 아버지를 죽였다고 했어.)

그는 교실 구석에 앉아 있는 아이의 이름을 불렀다. 크리스

틴. 반에서 영어가 가장 서툰 아이였다. 그는 아이에게 베이다 역을 맡기고 자신은 루크 역을 맡아 영화 속 장면을 연기하기 시작했다. 아이는 보드에 적혀 있는 대사를 더듬더듬 읽어나 갔다. 그는 진짜 루크가 된 것처럼 아이를 향해 소리를 질렀다. 이미 충분히 들었어! 네가 내 아버지를 죽였다는 걸! 그와 마주 보고 있던 아이가 금방 울음을 터트릴 것처럼 입을 씰룩거렸다. 교실에 앉아 있는 열네 명의 아이들을 하나씩 호명해 그는 베이다 역을 연기하게 했다. 그리고 자신은 루크 역을 맡아 아이들을 향해 열네 번 소리를 질러댔다.

수업을 마치고 집에 돌아온 그는 거실 바닥에 누워 텔레비전을 켰다. 집에서 학원으로 클럽에서 다시 집으로 이어지는 쳇바퀴와 같은 단조로운 삶이 그를 지탱하고 있었다. 백여 개가 넘는 채널 중에 그는 단 두 개만 골라봤다. 24시간 영화와 드라마를 틀어주는 채널이었다. 할리우드 영화와 영미권 드라마가 자주 방영되어 내용을 이해하는 데 어려움이 없었다. 오히려 한국어로 된 자막이 화면을 가려 짜증을 불러일으켰다. 인상을 찌푸린 채 영화를 감상하던 그의 눈이 갑자기 커졌다. 무성하게 우거진 수풀을 헤치며 마크 해밀이 등장한 것이다. 마크 해밀은 오후 수업에서 봤던 스타워즈에서 루크 스카이워커 역을 맡았던 배우였다. 포스를 사용해 자바 일당을 물리치고 한 솔로를 구출하는 루크의 모습은 아직도 눈에 선했다. 그는 텔레비전에 가까이 다가갔다.

눈앞에 마크 해밀이 있다는 사실만으로 그는 플린트로 돌아간 것 같은 기분에 사로잡혔다. 십대 시절의 그는 소파 팔걸이에 머리를 기댄 채 모로 누워 감자 칩을 먹으며 하루 종일 텔레비전을 시청하곤 했다. 해고당한 아빠는 일자리를 찾아 디트로이트로 떠나고 엄마는 근처 대형마트에서 판매원으로 일하기 시작했다. 그리고 함께 어울려 놀던 친구들은 디트로이트로 떠난 가족들을 따라 그를 떠났다. 그 빈자리를 24시간 쉬지 않고 떠들어대는 텔레비전과 포근한 천 소파가 차지한 것은 당연한 일이었다. 텔레비전을 볼 때의 그는 무패 행진을 기록하는 디트로이트 타이거즈 소속 야구 선수였고 모험을 즐기는 영화 속 주인공이었다. 특히 그는 광선검을 휘두르고 포스를 사용해 적을 제압하는 제다이가 되는 상상을 하곤 했다. 루크가 고향 사람들을 구하러 타투인 행성으로 돌아가는 에피소드가 가장 마음에 들었다. 그의 상상 속에선 아빠가 집으로 돌아오고 집 앞마당에는 제너럴 모터스 차가 세워져 있었다.

회상에 빠져 있던 그가 괴로운 듯 몸을 비틀었다. 바닥에서 올라오는 찬 기운이 옆구리와 엉덩이를 타고 온몸으로 전해져왔다. 괴고 있던 팔꿈치와 손목에서도 통증이 느껴졌다. 못

마땅하다는 듯 그는 거실 바닥을 내려다보았다. 부드러운 카펫이 깔려 있는 대신 맥주병과 콜라 캔, 과자 부스러기, 담배 꽁초가 나뒹굴고 있었다. 남자 여섯 명이 모여 살고 있지만 집 안을 쓸고 닦는 사람은 한 명도 없었다. 이 집에 머무는 다섯 달 동안 그 역시 청소기를 돌리거나 걸레질을 하지 않았다. 오늘 방을 치운다고 해서 깨끗해진 그 방에 내일 자신이 있을 것이라고 확신할 수 없었다. 언제까지 학원에 다니게 될지 또 한국에 머물게 될지 그는 알지 못했다. 이 집은 잠시 스쳐 가는 정거장일 뿐이었다.

벽에 기대어 앉아 그는 다시 마크 해밀에 집중했다. 마크가 웃으면 루크가 웃고 그러면 그도 웃을 수 있었다. 화면 속 가득히 마크의 얼굴이 클로즈업되었다. 넓은 이마에 여러 겹의 주름이 새겨진 마크, 아니 루크가 그곳에 있었다. 루크의 얼굴이 조금씩 작아지면서 그가 있는 방 풍경이 고스란히 드러났다. 흔들의자에 앉아 루크는 사고로 죽은 연인을 그리워하고 있었다. 검버섯이 돋은 루크의 손에서 그는 권총을 발견했다. 한 발의 총성이 울렸다. 그는 두 눈을 질끈 감았다. 루크가 죽다니! 그는 연인을 잃은 슬픔을 이기지 못하고 자살을 선택한 스타워즈의 전사 제다이를 받아들일 수 없었다. 리모컨으로 텔레비전의 전원을 끄고 벌떡 일어났다. 그리고 홍대 앞 클럽으로 향했다. 그곳에는 그를 기다리는 무수한 여자들이 언제

나 대기 중이었다.

　오, 라지 자지!

　침대 위에서 여자는 그의 이름을 외쳐댔다. 영어가 서툰 여자는 '조지'를 '자지'라고 발음했지만 그는 아무 말도 하지 않았다. 조지든 자지든 '라지'라는 게 중요했다. 그는 이제 더 이상 '리틀 조지'일 수 없었다. 잔디가 깔려 있는 넓은 마당과 하늘에 떠 있는 구름이 내려앉은 듯한 하얀 이층집, 그리고 그 안을 채우고 있는 따뜻한 공기. 플린트에 살던 '리틀 조지'는 지금 여기에 없었다. 루크 스카이워커를 우상으로 떠받들던 '리틀 조지'도 죽고 없었다. 여자가 그의 엉덩이를 두 손으로 움켜잡으며 소리쳤다. 아이 러브 라지 자지! 오늘 하루 동안 있었던 일들을 모두 털어내듯 그는 여자의 몸 안에서 더욱 격렬하게 움직였다. 스타워즈의 전사 제다이가 있던 자리에는 이제 '라지 조지'가 있었다.

　모텔에 여자를 혼자 남겨두고 집으로 돌아온 그는 서둘러 책상에 앉아 컴퓨터 전원을 켰다. 어댑터를 연결하자 카메라에 저장된 동영상이 모니터 화면에 모습을 드러냈다. 설레는 마음으로 오늘 찍은 동영상을 클릭했다. 카메라 렌즈는 군데군데 뾰루지가 돋은 백인 남자의 등을 노려보듯 비추고 있었다. 화장실 문이 열리고 몸에 아무것도 걸치지 않은 여자가 등장했다. 여자는 무인도에 와 있는 사람처럼 알몸으로 방안으로 이리저리 뛰어다녔다. 여자를 쫓아 분주하게 고개를 돌리던 남자가 갑자기 뒤를 돌아봤다. 활짝 웃는 남자의 얼굴이 카메라에 잡혔다. 남자는 카메라 가까이 여자를 데리고 와 눕혔다. 여자가 스스로 다리를 벌렸다.

모니터 화면에 여자의 덤불이 나오는 걸 확인한 그는 새 창을 열어 포르노 사이트에 접속했다. 학창시절 친구들과 자주 들락거렸던 사이트였다. 부모님 몰래 포르노를 보며 그는 빨리 어른이 되고 싶다는 생각을 했었다. 사이트 접속자 수가 이만 명을 넘어서고 있었다. 다른 사람들이 올려놓은 동영상을 훑어보았다. 불과 며칠 전에 올린 것인데도 클릭수가 오천이 넘은 것들이 눈에 많이 띄었다. 희미한 미소가 그의 입가에 걸렸다. 얼마나 시간이 흘렀을까. '라지 자지'를 외치는 여자의 다급한 목소리가 들렸다. 다시 동영상으로 시선을 돌렸다. 제다이가 광선검을 휘두르듯 여자의 몸 안에서 그것을 격렬하게 움직이고 있는 자신의 모습이 보였다. 그는 화면 가까이 얼굴을 들이댔다. '라지 자지'를 외치는 여자의 소리가 커질수록 여자의 그곳에 프린트된 성조기가 힘차게 펄럭이고 있었다.

Large George.

여자가 비명을 질러대는 모습이 담긴 동영상을 그는 '라지 조지'라는 제목을 달아 포르노 사이트에 올렸다. 상황을 연출

하고 그걸 촬영하는 동안 영화감독이 된 것 같은 기분이었다. 그동안 다른 사람이 만든 영화를 보기만 했는데, 이제는 자신이 직접 만든 것이었다. 오늘 찍은 그의 동영상 안에는 완벽한 세계가 있었다. 여자의 몸에 올라타 있는 동영상 속 남자는 직장을 구하지 못해 여러 아르바이트를 전전하고, 빚을 갚지 못해 집에서 쫓겨나 컨테이너 촌에서 살고 있는 사람으론 보이지 않았다. 남자에게는 마흔 살이란 한창 일할 나이에 해고당한 아빠와 열네 시간씩 서서 일한 탓에 관절염으로 고생하는 엄마도 없었다. 모니터 화면 속 그는 새 생명을 부여받은 사람처럼 누구보다 활기차게 몸을 움직이고 있었다. 이라크에 있는 케빈과 디트로이트에 있는 제이가 동영상을 클릭하는 모습을 상상하며 그는 콧노래를 부르듯 중얼거렸다. Go. Go. Go. 스미스는 햄버거 패티를 굽던 기름 범벅인 손으로 휴대폰 화면에 나타난 그의 얼굴을 어루만질지도 몰랐다. 그의 동영상은 친구들에게 보내는 일종의 안부편지였다. 여자들에게 인기 많고 능력 좋은 영어 강사 조지, 디트로이트 타이거즈 티셔츠를 입고 친구들과 즐겁게 야구하는 조지, 가족들과 함께 제너럴 모터스 차를 타고 전국을 여행하는 조지…… 동영상을 다운받는 사람의 숫자가 늘어날수록 그의 추억은 더 깊은 곳을 향해 뻗어가고 있었다.

닷새 전부터 그것이 가렵고 아파오기 시작했다. 그는 약을 사기 위해 약국에 들렀다가 증세를 설명하느라고 애를 먹었다. 약을 먹었지만 낫지가 않았다. 어제부터는 온 몸이 가려웠다. 어떤 년이었을까. 지난 두 주 동안 같이 잔 여자들을 차례로 떠올려봤지만 짚이는 여자는 없었다. 사실 얼굴이 떠오른 여자는 절반도 되지 않았다. 이름이 기억나는 여자는 마지막으로 잤던 여자인 지안이 유일했다. 지안은 모텔에서 그의 이름을 '조지'가 아니라 '자지'라고 불렀었다.

오늘도 클럽으로 향했다. 그곳에는 예전에 잤던 여자가 아무도 없었다. 새로 만난 여자와 함께 그는 모텔로 향했다. 술에 취한 여자는 스스로 옷을 하나씩 벗기 시작했다. 그는 알몸의 여자에게 가까이 다가갔다. 빛이 바랜 듯 누런 여자의 살결은 앞마당에 세워져 있던 도요타 자동차를 떠올리게 했다. 눈이 부실 만큼 빛나던 제너럴 모터스 자동차를 밀어내고 그 자리를 차지해 버린 중고 자동차. 도망치듯 뒷좌석에 몸을 웅크리고 차를 타던 그때의 기억이 떠오르는 그였다.

I love you forever.

여자에게 영원한 사랑을 고백했다. 그리고는 여자의 덤불에 미리 준비해간 왁스를 듬뿍 발랐다. 여자가 차가운지 얼굴을 찡그렸다. 한 쪽에는 스파츌러를 다른 한 쪽에는 성조기 스티커를 쥔 그의 두 손이 여자의 몸 위를 자유롭게 돌아다니기 시작했다.

작업을 마친 그가 여자의 몸에 올라탔다. 그리고 자신 앞에
서 힘차게 펄럭이는 성조기를 자랑스럽게 바라보았다. 영광
의 순간들은 모두 비디오로 녹화되고 있었다. 많은 사람들이
이런 자신의 모습을 보게 될 것이었다. 하지만 이제 이 작업도
곧 끝이 날지 모른다는 생각이 들자 그는 눈물이 왈칵 쏟아질
것만 같았다. 철거된 고향집이 눈앞에 아른거렸다. 친구들과
야구를 하던 학교 운동장과 하굣길에 우르르 몰려가곤 했던
맥도날드도 연이어 떠올랐다. 갑자기 그는 엄마가 구워준 쿠
키가 먹고 싶었다. 고소하면서도 달콤한 그 맛이 혀끝에 맴돌
았다. 마미, 마미…… 다시는 엄마를 만날 수 없을 거라는 불
길한 예감이 그를 휘감았다. '리틀 조지'는 이제 없었다. 슬픔
과 두려움이 그를 무겁고 단단하게 흥분시키고 있었다. 그는
격렬하게 여자를 다루었다. 지금 이 순간 그는 제너럴 모터스
의 올즈모빌 컷러스를 타고 뉴욕 월스트리트 한복판을 질주하
는 '라지 조지'였다. 환호성을 터뜨리듯 그는 정액을 뿜어냈다.

침대에 누워 있는 여자를 바라보던 그의 눈동자가 커졌다.
여자의 배 위에 흩뿌려져 있는 정액의 형체가 마치 작은 세계
지도를 펼쳐 놓은 것 같았다. 여자의 사소한 움직임에도 심하
게 물결치는 연약한 그만의 세상이었다. 한국, 일본, 우크라이
나, 콜롬비아…… 그는 마우스를 클릭하듯 여자의 몸을 손가

락으로 조심스럽게 눌렀다. 그리고 전 세계로 퍼져나가고 있을 자신의 모습을 상상했다.

검은 빛

검은 빛

기도 중인 사람들 속으로 들어갔다.

당신은 앞에서 두 번째 줄에 앉아 있었다. 강단에 서면 일거수일투족이 다 내려다보일 만큼 가까운 거리였다. 당신의 옆에 자리를 잡은 나는 고개를 깊이 숙였다. 두 눈을 감자 기도하는 당신의 목소리가 더욱 또렷이 들려왔다. 이토록 누군가를 원하고 원망할 수 있을까. 신 앞에서 당신은 애처롭기보단 당당해 보였다. 기도란 절대적 존재에 대한 확신에서 나온다. 그런 믿음이 내겐 아직 없었다. 그 사실을 누구보다 나 자신이 가장 잘 알았다. 묵직한 소음 속에서 홀로 남겨진 기분이 들었다. 나는 무겁게 가라앉는 눈꺼풀을 힘겹게 들어 올렸다.

그였다. 내가 잠시 눈을 감은 사이에 그는 단상 위에 올라가 있었다. 지난번 커피전문점에서 당신과 함께 봤을 때처럼 단정한 정장 차림이었다. 그가 종을 두 번 치자 사람들이 모두 고개를 들어 그를 올려다보았다. 십자가의 가로 부분이 어깨 바로 위에 걸려 있어 그는 활짝 펼쳐진 날개를 등에 단 것처럼 보였다. 천사 가브리엘의 모습이 저랬을까. 나는 주위를 조심스럽게 둘러보았다. 사람들은 갈망하는 눈빛으로 그를 바라보며 그의 입을 통해 나오는 하나님의 음성을 듣기 위해 온 신경을 모으고 있었다.

구십구 퍼센트 순종을 해도 일 퍼센트를 불순종했다면 그것은 순종이 아닙니다. 백 퍼센트의 순종만이 진정한 순종입니다.

그는 주먹을 불끈 쥐며 힘주어 말했다. 그리고는 날카로운 눈빛으로 단상 아래에 앉아 있는 성도들을 내려다보았다. 그 순간 당신이 손을 뻗어 내 손을 콱 움켜잡으며 크게 부르짖었다. 주여! 허공을 꿰뚫는 당신의 우렁찬 목소리에 나는 어깨를 움츠리며 몸을 뒤로 젖혔다. 하지만 의자에 기대어 짧은 숨을 내쉴 틈도 내겐 허락되지 않았다. 아멘! 갑작스러운 외침에 놀라 나는 몸을 화들짝 일으켰다. 당신의 외침이 신호탄이 되어 여기저기에서 아멘 소리가 탄식처럼 터져 나오고 있었다. 한순간에 예배당은 자신의 죄를 회개하는 죄인들의 기도로 가득 찼다.

두 시간의 긴 예배가 끝났다.

지친 몸을 이끌고 나는 당신을 따라 식당으로 향했다. 밥 먹는 곳은 예배당에서 조금 떨어진, 교회 입구 가까이에 위치해 있었다. 그곳은 칼국수를 먹으려는 사람과 빈 그릇을 반납하려는 사람, 거기에 음식을 준비하고 테이블을 정리하는 사람들까지 섞여 발 디딜 틈이 없었다. 나는 당신의 손에 이끌려 긴 줄의 끝에 섰다. 어림잡아 삼십 명은 넘게 내 앞에 서 있었다.

교회에서 보니까 더 반가운데요.

어깨를 감싸는 따뜻한 기운에 놀라 나는 몸을 움찔했다.

식사 맛있게 해요.

가벼운 목례를 건넨 그는 내게서 빠르게 멀어져갔다. 그의 뒤로 나이 지긋한 사람들 몇이 따라갔다. 그들과 함께 걸어가는 그의 뒷모습을 나는 멀찍이 지켜보았다. 그건 마치 모세의 등장에 홍해가 갈라지는 광경 같았다. 그가 나타나자 식사를 하고 있던 사람들이 모두 일어나 그에게 인사를 건넸다. 갓난아이를 품에 안은 젊은 여자와 지팡이를 식탁 옆에 세워둔 할아버지, 그리고 여름성경캠프 티셔츠를 입고 있는 어린 꼬마의 얼굴이 모두 환해졌다. 죽은 예수를 직접 보기라도 듯 얼굴엔 감동의 빛마저 감돌았다. 그의 몸을 통해 이천 년 전에 죽은 예수가 부활한 것처럼 보였다. 그의 얼굴에 깃들어 있는 평온한 미소에서 나는 시선을 뗄 수 없었다. 그는 한 번도 물결친 적 없는 호수처럼 잔잔하고 고요해 보였다. 불현듯 예수가 인간이기 이전에 신의 아들이란 사실이 떠올랐다.

꽃무늬 식탁보가 깔린 테이블 앞에 그가 멈춰 섰다. 불고기가 수북이 담겨진 접시를 중심으로 멸치볶음과 김치, 두부조림이 둘러싸듯 놓여 있었다. 그가 된장국을 한술 떠 입에 넣자 이를 지켜보고 있던 장로와 전도사 들이 수저를 들어 식사를 시작했다. 앞치마를 두른 한 아주머니가 그가 먹고 있는 밥그릇 옆에 흰 접시 하나를 놓고 갔다. 탐스러운 포도 한 송이였다. 나는 내 앞에 있는 스테인리스 그릇으로 시선을 옮겼다. 희멀건 국물에 국수 한 덩어리가 엉킨 머리카락처럼 아무렇게나 담겨져 있었다. 덜 익은 칼국수를 다 먹고 그의 테이블로 다시 고개를 돌렸을 때에는 그가 이미 자리를 떠난 뒤였다.

그가 걸어갔을 길을 눈으로 따라 걸어보았다. 그 길의 끝에서 찬송가가 희미하게 들려왔다. 다음 예배를 준비하는 성가대의 찬양 소리였다.

벨트 해야지.

조수석에 가만히 앉아 있는 나를 보고 당신은 나무라듯 말했다. 나는 몸을 틀어 안전벨트를 향해 손을 뻗었다. 하지만 벨트는 미끈거리는 뱀처럼 내 손에서 잽싸게 빠져나가 버렸다. 안전띠를 잡아당기다가 놓치기를 두어 번, 차 내벽에 버클

이 부딪치면서 요란한 소리가 났다. 머쓱한 마음에 나는 시선을 피하듯 창밖으로 고개를 돌렸다. 사이드미러에 비친 내 모습이 처음 만난 타인처럼 낯설게 느껴졌다. 차를 마지막으로 탄 것이 언제였을까. 지난 일요일, 교회 가는 길에 당신이 한 말이 아니었다면 나는 끝내 기억해내지 못했을 거였다. 재작년 네 생일 때 기억나니? 기도회에 가자고 했더니 친구랑 놀거라고 휙 나가버렸잖아. 그땐 죽어도 교회 가기 싫다고 고집을 부리더니. 지금처럼 말 잘 들었으면 얼마나 좋아. 안 그래? 여러 번의 시도 끝에 안전벨트를 매고 나서 나는 당신이 눈치챌 수 없을 만큼 천천히 다리를 오므렸다. 홈드레스에 가려 잘 보이지 않았지만 조금만 방심하면 다리가 벌어져 틈이 생겨났다. 흐물흐물하기만 한 허벅지가 마음에 들지 않았다. 쓸모없는 비곗덩어리. 뒷좌석에 있는 당신의 성경책을 가져와 무릎에 올려놓았다. 다 가리진 못했지만, 한결 마음이 편안했다. 오른쪽 어깨에서 왼쪽 허리까지 매어진 안전벨트의 단단한 촉감을 느끼며 천장에 달려 있는 손잡이를 세게 움켜잡았다. 손에 힘을 주니까 온몸에 절로 힘이 들어갔다.

잔뜩 굳은 얼굴로 나는 교회에 도착했다. 수요일은 수요 영성 예배, 금요일은 금요 합심 기도회, 일요일은 주일예배와 저녁예배, 그리고 매일 아침 다섯 시에는 새벽기도회, 모든 예배에 빠짐없이 참석했다. 모두 당신의 손에 이끌려간 것이었지만 그중에서 이른 아침에 일어나야 하는 새벽 예배가 제일 힘들었다. 고요 속에 잠겨 있던 의식이 강제로 건져져 차가운 바닥에 내팽개쳐진 기분이었다.

새벽 다섯 시. 그의 목소리는 크고 힘찼다. 항상 기도하며 깨어 있으라. 새벽예배에 오신 여러분을 축복합니다. 강단에 서서 예배당 안을 둘러보는 그와 시선이 마주쳤다. 나를 바라보는 그의 얼굴에 따뜻한 미소가 떠올랐다. 깜박 졸다가 들키기라도 한 것처럼 나는 서둘러 성경책에 얼굴을 묻었다.

사람들의 기도 소리가 점점 잦아들었다. 설교를 마치고 단상에서 내려온 그가 이제 곧 통로의 끝에 다다를 것이었다. 그러면 나는 재빨리 일어나 주차장으로 내달릴 생각이었다.

새벽에 보니까 더 반가운데요.

두 팔 사이에 얼굴을 파묻고 있던 내 눈에 날이 꼿꼿하게 서 있는 그의 정장 바지가 들어왔다. 지나가던 걸음을 멈추고 그가 내 옆에 서 있는 것이었다. 문득 나는 지금 입고 있는 옷이 몇 년 전에 산 낡은 홈드레스라는 걸 깨달았다. 목은 늘어나고 치마 밑단에는 실밥이 풀어져 있었다. 갑자기 목이 부러진 것처럼 머리가 무겁게 느껴졌다. 열심히 기도 중인 것처럼 두 손을 맞잡고 최대한 몸을 움츠렸다. 그리고 그가 빨리 지나가길 간절히 바랐다.

지나가라. 지나가라. 어서 빨리 지나가게 해주세요.

마음속으로 중얼거리다가 깜짝 놀라 입술을 꽉 깨물었다. 아, 내가 기도를 하다니. 내겐 기도를 들어줄 신이 없었다. 앞니에 짓이겨진 입술에서 통증이 느껴졌다. 학교를 휴학했고 남자친구와는 헤어졌다. 그리고 당신을 따라 다시 교회에 다니기 시작했다. 또 나는…… 지난 이 년 동안 멈춰 있던 시간의 기억들이 상한 음식에 꼬인 벌레처럼 꿈틀거렸다.

이상한 일이었다. 자기혐오의 감정이 깊어질수록 내 안의 나는 점점 강해졌다. 나는 열심히 나를 미워했고 그만큼 나에 대해 생각하는 시간이 길어졌다. 마주 잡은 두 손에 힘을 세게 주었다. 내 안에 존재하는 두 명의 내가 있는 힘껏 힘겨루기를 하고 있었다. 누가 이기든 나는 결과에 깨끗하게 승복할 생각이었다. 지는 쪽도 이기는 쪽도 모두 나라는 사실을 애써 모른 척했다. 그가 자리를 뜨면서 또 보자고 인사를 했는지 아니면 말없이 내 머리를 쓰다듬었는지 무엇 하나 또렷이 기억나는 것은 없었다. 기도하는 자세로 나는 딱딱하게 굳어 있었다. 예배당에 있던 사람들이 모두 나가고 성가대의 찬양이 다 끝날 때까지 그 자리를 떠나지 못했다.

오늘 약속 잊지 않았지?
열린 문틈으로 당신의 목소리가 비집고 들어왔다.
당신은 언제나 물러섬이 없었다. 잡상인 금지라며 거칠게 막아서는 아파트 수위에게 당당하게 맞서는 당신을 본 적 있었다. 불확실한 미래가 두렵지 않으세요? 질병과 사고로부터 우리를 보호해줄 수 있는 건 가족이나 친구가 아니에요. 당신이 팔고 있는 것은 보험이 아니라 불안과 공포였다. 우리에게는 든든한 보디가드가 필요해요. 능력 좋은 수호천사 말이에요. 확신에 찬 당신의 얼굴은 자신의 말에 스스로 설득된 것처럼 보였다. 좋은 보험이 안전한 미래를 보장한다고 굳게 믿는 당신에게 보험은 더 이상 보험이 아니었다. 남편 없이 혼자 생계를 꾸려나가기 위한 수단도 아니었다. 그것은 두려움에 굴복하지 않겠다는 자기 의지의 표현이었다.

훌륭하신 분이야. 아버지라고 생각하고 공손하게 굴어.

칠 년 연속 보험왕에 선정된 당신은 아침 일찍 나가 세상이 어둠에 검게 오염된 뒤에야 집에 들어왔다. 해가 뜨고 지는 것을 창문을 통해 바라보면서 나는 당신을 기다렸다. 당신이 무사히 집에 돌아오길 바라는 것이 내가 하는 일의 전부였다.

지난 이 년 동안 나는 집 밖으로 나간 적이 없었다. 친구들과 어울려 최신 영화를 관람하거나 트렌드에 맞춰 새 옷을 사러 나가는 일은 없었다. 여느 대학생처럼 영어 학원에 다니면서 토익 점수를 높이거나 인턴으로 경력을 쌓는 것도 내게는 아무 의미가 없는 일들이었다. 하루 종일 집에서, 그것도 방에 놓인 싱글 침대 위에서 지냈다. 온몸에 두꺼운 이불을 칭칭 감고 얼굴만 빼꼼히 내민 채 가만히 누워 있었다. 폭염이 기승을 부리는 한여름에도 솜이불 속에 몸을 감추었다. 몸에 발갛게 돋아난 땀띠만이 내가 살아있는 존재임을 증명하고 있었다.

나는 슬며시 문을 닫았다. 그리고 문을 등지고 서서 고개를 옆으로 돌렸다. 벽에는 이번에 인터넷 쇼핑몰에서 새로 구입한 거울이 부착되어 있었다. 머리에서 발끝까지 몸 전체를 다 보여줄 만큼 큰 거울이었다. 옷장 깊숙이 넣어두었던 스커트를 꺼냈다. 재작년 백화점 세일 때 당신을 졸라서 샀던, 치맛단이 무릎 위에 오는 짧은 치마였다. 조심스럽게 미니스커트를 입어 보았다. 무심코 거울을 들여다보다가 나는 깜짝 놀라 주춤 뒤로 물러났다. 거울에 비친 나는 거리에서 몸을 파는 여자처럼 천박해 보였다. 온몸이 화끈거렸다. 입고 있던 스커트를 벗어 방바닥에 내동댕이쳤다. 거울을 사이에 두고 땀띠가 잔뜩 돋아난 몸과 나는 마주 섰다. 얼굴처럼 몸에도 표정이 있다면 울긋불긋한 몸은 자신을 몹시 부끄러워하고 있었다.

오늘 참 예뻐요.

발목까지 길게 내려오는 원피스를 입은 나를 보며 그가 다정하게 말을 건넸다. 지난번 집 근처 커피전문점에서 봤을 때도 그는 내게 예쁘다고 말했다. 그의 칭찬을 듣고 나서 나는 어깨가 으쓱해지기보다는 내가 예쁘지 않다는 생각에, 그래서 진짜로 예뻐져야 하는 건 아닐까 하는 걱정에 주눅이 들어 고개를 푹 숙였다. 내 몸 중에서 유일하게 가려지지 않은 부분은 얼굴이었다. 지금 그 얼굴이 발갛게 상기되어 있을 거였다. 붉은 얼굴과 그 밑에 숨겨둔 내 마음 어느 것 하나 그에게 들키고 싶지 않았다. 나는 그가 마시고 있는 커피로 시선을 옮기며 물었다.

쓰지 않으세요?

간장 종지처럼 작은 잔에 시커먼 커피 원액이 담겨 있었다. 에스프레소였다.

쓴 맛 때문에 마시는 건데요.

그는 여유 있는 웃음을 지어 보였다. 그리곤 덧붙여 말했다.

마시다 보면 익숙해져요. 봐요, 색도 초콜릿이랑 비슷하죠?

그는 테이블에 놓여 있는 아이스 초코와 에스프레소를 번갈아 쳐다보았다. 나는 대답 대신 내 앞에 있는 아이스 초코를 쭉 들이켰다. 입안에 달콤한 초콜릿이 가득 고였다. 순간 나는 짙은 패배감에 사로잡혔다. 내 혀는 본능적인 감각에 격렬하게 반응하고 있었다. 나는 그를 힐끔 쳐다보았다. 쉴 새 없이 사람들이 들락거리는 평일 오후의 분주한 스타벅스에서 유독 그만 혼자 정지되어 있는 것처럼 보였다. 그가 만들어 낸 깊고 단단한 정적이 나를 더욱 부끄럽게 했다.

성경에 믿음이란 단어는 246번 나와요. 많이 나오죠?

그가 들고 온 성경책을 나는 뚫어져라 쳐다보았다. 이백사

십육 개의 믿음을 찾기 위해서 그는 얼마나 긴 시간 동안 책상에 앉아 있어야 했을까. 두꺼운 책 안에는 신을 향한 그의 믿음이 고스란히 담겨져 있었다. 그가 성경책 위에 손을 얹으며 내게 물었다.

그렇다면 사랑은 몇 번 나올까요?

믿음과 사랑. 그 어느 쪽도 나는 선택할 수 없었다. 믿음이 신을 향한 것이라면 사랑은 인간을 향해 있었다. 그의 시선을 피해 나는 고개를 깊이 숙였다.

306번 나와요. 믿음보다 무려 60번 더 나오는 거죠.

그가 몸을 숙여 낮아진 내 얼굴을 올려다보며 말했다.

믿음 소망 사랑 그중에 제일은……

그가 말끝을 흐렸다.

사랑이요.

그가 만들어놓은 빈칸을 채우고 나서 나는 깜짝 놀랐다. 그걸 알고 있는, 아니 설사 그걸 안다고 할지라도 그걸 입 밖으로 내어 말하는 내가 부끄럽고 염치없게 느껴졌다.

맞아요. 사랑이에요.

그가 내 손을 성경책 위로 잡아끌며 말했다.

하나님은 소민이를 사랑하세요.

나를 바라보는 그의 다정한 눈빛은 그와 단둘이 나를 남겨놓고 자리를 뜬 당신을 떠올리게 했다. 교회 권사인 당신은 내가 하나님 안에서 새 사람으로 거듭나길 바랐다. 이십 년 만에 고향에 돌아와 아버지의 품에 안긴 탕자처럼 죄를 회개하고 용서받는 것이 내 의무이자 권리라고 당신은 말했다. 나는 내 손을 붙잡고 있는 그의 손에 시선을 고정했다. 하얀 그의 손 때문에 내 손등에 돋아난 붉은 땀띠가 유독 도드라져 보였다. 징그럽고 흉측하고…… 내 자신이 흠집이 많은 불량품처럼 느껴졌다. 한껏 위축되어 있는 내 마음을 달래듯 그가 내 손을 부드럽게 쓰다듬었다.

그동안 힘들었죠?

그가 만진 곳마다 아리고 쓰라렸다. 땀띠가 난 자리였다. 통증 때문에 나는 고개를 떨어뜨렸다.

그래요. 많이 힘들었을 거예요.

나는 고개를 들고 무어라 대꾸하고 싶었지만 그럴 수 없었다. 지난 이 년 동안 내가 이불에 몸을 둘둘 말고 있었던 것은 단순히 몸을 숨기기 위한 것이 아니었다. 그건 나라는 존재를 세상 속에서 지우는 작업이었다. 하나의 큰 땀띠가 된 것처럼 온몸이 아팠다.

울어요. 마음껏 울어요.

나는 입술을 세게 깨물었다. 신음소리가 낮게 새어나왔다.

말하고 싶지 않으면 말하지 않아도 돼요. 말하지 않아도 다 알아요.

그의 이야기에는 당신이 빠져 있었다. 그는 당신에게 들어 알고 있다고 말하지 않았다. 당신에게 듣기 전부터 나를 알았 다고, 그러니까 나를 알기 전부터 나를 알고 있었다고 그는 말 하고 있었다. 내가 나이기 전부터 내가 누구인지 알고 있었다 는 얘기였다.

전지전능하신 하나님은 절대로 실수를 하지 않으세요.

단호한 표정의 그의 얼굴에 두 눈을 감고 힘없이 축 늘어져 있는 한 여자의 모습이 겹쳐졌다. 차창으로 들어오는 가로등 의 역광 때문에 근육질의 남자는 더욱 거대해 보였고 몸 안으 로 거칠게 들어오는 그를 막아내기에 여자는 작고 힘이 약했 다. 남자의 육중한 몸에 깔린 여자의 귀로 예배시간에 들었던 설교가 흘러들어 갔다. 하나님은 실수를 하지 않으십니다. 모 든 일은 하나님의 계획 아래 일어나는 것입니다. 여자의 몸 위 에서 헐떡이며 분주하게 움직이던 남자의 땀방울이 여자의 얼굴에 떨어졌다. 여자가 흘린 눈물처럼 남자의 땀이 그녀의 뺨을 타고 흘러내렸다. 여자는 몸에서 점점 힘이 빠져나가는 것을 느꼈다. 남자를 밀어내야 한다는 생각도 조금씩 사라져 가고 있었다. 동시에 지금 자신이 당하고 있다는 자각도 무뎌 져 갔다. 처녀막이 찢어지고 붉은 피가 차 시트를 적시고 덩치 큰 남자가 자신을 범하고 있다는 사실 따위는 이제 중요하지 않았다. 하나님의 뜻을 우리는 알 수가 없습니다. 그는 신이고 우리는 한낱 미약한 인간에 지나지 않으니까요. 그는 그의 방식대로 우리를 사랑하고 계십니다. 늦은 밤 외진 골목에 주차된 차 안에서 여자와 함께 있었던 건 술에 취한 학교 선배가 아니라 절대 실수를 하지 않는다는, 완전무결한 신이었다.

소민아.

그가 내 이름을 불렀을 때 나는 반사적으로 고개를 들었다.

소민이는 사랑받기 위해 태어났어요.

다음날 조간신문에 서대문구에 위치한 모 대학에 재학 중인 대학생 K양(20)에 대한 기사가 실렸다. 그리고 순식간에 나에 대한 소문이 학교 전체에 퍼졌다. 니가 꼬리 쳐놓고 누굴 강간범으로 몰아! 선배의 여자 친구는 나를 꽃뱀 취급하며 몰아세웠다. 선배가 먼저 태워다주겠다고, 개포동 방향으로 갈 일이 있다고 했어. 선배의 여자 친구는 내 친구이기도 했다. 니가 거절했어야지. 그 사람이 흔들린다고 너도 같이 그러면 돼? 그게 아니라…… 친구는 내 말을 가로챘다. 너도 좋았으니까 그런 거 아냐. 좋아했으면 그를 지켜줬어야지. 누가 누굴 지켜야 한다는 것인지 나는 반문하지 못했다. 너 하나 때문에 탄탄대로였던 그 사람 인생이 다 망가졌어. 니가 모든 걸 망쳤다구! 친구는 고래고래 악을 썼다. 다 나 때문이라고, 그가 아닌 내가 그를 범한 것이라고 그녀는 나를 원망하고 있었다. 발꿈치에 달린 검은 그림자를 그녀는 본 것일까. 빛을 좇아 짧아지다가 길어지다가 옅어지다가 짙어지다가 결국엔 빛이 사라지면 세상을 온통 검게 물들여버리는, 내 안의 어두운 욕망을. 내가 아직 깨닫지 못한 또 하나의 나를.

내 생일이었고 동아리 사람들과 함께 생일 축하 파티를 했다. 그리고 집으로 돌아오는 차 안에서 그 일이 일어났다. 생일이 아니었다면 나는 친구들과 만나지 않았고 약속장소인 신촌에 갈 일도 없었다. 당연히 집까지 태워다 준다는 그 선배의 차에도 타지 않았을 거였다. 만약 내게 생일이란 게 아예 없었다면 그러니까 내가 태어나지 않았다면 그런 일은 존재하지도 않았을 거란 생각에 나는 도달했다. 문제는 나였고 내가 죄의 근원이었다. 그날 내가 잃은 것은 순결이 아니었다. 그건 나란 존재에 대한 믿음과 사랑이었다.

지난 이 년 동안 나는 죄책감에 시달렸다. 그런 내게 그는 모든 것이 하나님의 철저한 계획 아래 놓여 있다고 말하고 있었다. 나는 죄인이었지만 그 죄는 나의 것이 아니었다. 나는 순결한 죄인이었다. 나는 그의 품에 안기듯 힘없이 푹 고꾸라졌다. 그리고 울음을 토해냈다. 지난날의 나에게 보내는 작별인사였다. 구부러진 내 등을 부드럽게 쓰다듬는 그의 손길이 느껴졌다. 내 울음은 끊어질 듯하다가 길게 이어졌다. 이제 나는 절대자 안에서 자유로웠다.

햇볕이 잘 드는 창가에 앉은 그가 눈에 들어왔다. 유리창을 그대로 투과한 빛이 모두 그에게 쏟아져 내리고 있었다. 환하게 빛나는 그는 스스로 빛을 발하는 것처럼 보였다. 그가 빛이라면 나는 그 빛이 얼마나 깊숙이 가 닿을 수 있는 존재인지를 증명하는 짙은 어둠이었다. 빛에 흡수되듯 그가 있는 곳으로 나는 빠르게 걸음을 옮겼다.

테이블 위에는 두 개의 잔이 놓여 있었다. 에스프레소와 아이스 초코였다. 지난번 내가 마신 걸 기억하고 미리 주문해놓은 모양이었다. 오래전부터 나를 알고 있었다는 듯이 그는 편안하고 여유로워 보였다. 그가 나를 보고 빙긋 웃으며 물었다.

한 달이나 성경공부를 쉬었네요. 그동안 잘 지냈어요?

네.

잠도 잘 자고 식사도 잘하고 양재천에 나가 산책도 하고?

내가 하고 싶은 말들이 그의 입을 통해 흘러나오는 모습을 나는 말없이 바라보았다. 그 날 이후 나는 달라졌다. 있는 그대로 나를 이해하고 인정하고 결국엔 사랑까지 할 수 있을 거라는 기대와 소망이 내 안에서 자라고 있었다.

그 믿음은 나를 향한 것이었지만 그를 향해 있기도 했다.

그는 내 안에 갇혀 있던 나를 세상으로 불러낸 낸 사람이었다. 길바닥에 널려 있는 한낱 흙덩어리에 숨을 불어넣어 사람을 만들어낸 신처럼 살아도 산 것 같지 않던 내게 새 생명을 불어넣은 존재가 바로 그였다. 그를 통해 나는 신을 보았고 절대자를 만났다. 내게 그는 오층 높이의 교회 건물처럼 웅장하고 예배당 벽면을 가득 채운 유화 속 예수처럼 거대했다.

제가 좋아하는 옷이에요.

나는 입고 있는 미니스커트를 내려다보며 말했다. 잘 익은 사과처럼 붉은 색이었다. 금지된 과일을 먹은 아담의 목에 그 조각이 걸려 생겨난 것이 남자의 목젖이라고 했던가. 마르고 여윈 체구와 어울리지 않게 그의 목젖은 돌멩이처럼 크고 단단해 보였다. 그가 침을 꿀꺽 삼키며 목을 가다듬었다. 심판대에 서 있는 것처럼 나는 긴장되었다.

오늘 우리 친구해요.

네?

요즘 많이 하는 상담프로그램 중 하나인데…… 쉬워요. 그냥 말을 놓는 거예요.

내가 원한 대답이 아니었다. 예뻐요. 이제 나는 스스로 조금 예쁠지도 모른다는 생각을 갖게 되었다. 이 세상에 태어나도 될 만큼. 딱 그만큼이면 충분했다. 더 이상은 기대하지도 않았다. 그러니까 내가 원하는 것은 간단하고 명확했다. 인정. 절대적 존재로부터의 인정이었다.

친구처럼 편하게, 라고 그가 덧붙여 말할 때 나는 고개를 절레절레 흔들었다. 나는 친구를 원하지도 그런 관계가 필요하

다고 생각하지도 않았다. 그 일이 있는 뒤로 연락하는 친구가
한 명도 없었지만 그것 때문에 외롭다거나 불편하다고 느낀
적은 없었다. 내가 생각하는 친구란 소소한 일상처럼 단 한 번
의 어긋남으로도 쉽게 무너져 내리는 얄팍하고 나약한 존재
였다.

영성아, 하고 내 이름을 불러 봐요.

말없이 나는 그에게 시선을 고정했다. 눈을 깜박 떴다 감은
사이 웅장했던 교회 건물이 무너지고 거대한 예수가 내 키만
큼 작아져 있을 것 같았다. 그가, 아니 내 안의 그가 사라질 것
만 같은 불안감에 휩싸였다. 조금 방심하면 작동을 멈출 것처
럼 내 심장은 빠르게 뛰고 있었다.

친구하면 내가 손핸데, 내가 봐주는 거예요.

장난스러운 표정의 그는 벌써 나와 친구가 될 준비를 마친
것처럼 보였다.

그러지 마세요.

내 목소리는 낮게 갈라졌다.

뭐라구요?

저 때문에 그러지 마시라고요.

내가 손해라는 말 때문에 그래요? 그거 농담이에요.

그러실 필요 없어요.

나 정말 하나도 손해 아니에요. 오히려 소민이가 손해지요.

나이도 많은데 나랑 같이 놀아주잖아요. 봐요, 여기에 나보다 나이 많은 사람이 누가 있나.

그는 고개를 들어 주변을 둘러보는 시늉을 해보였다. 그런 그를 지켜보는 나는 그를 잃을지 모른다는 두려움으로 입술이 바싹바싹 말랐다. 나는 유리잔에 꽂혀 있는 빨대를 깊게 빨아들였다. 초콜릿의 부드럽고 달콤한 맛이 온몸으로 퍼져나갔다. 극심한 고통을 참아내듯 나는 어금니를 악물었다. 그의 나이는 마흔넷, 내 나이의 두 배였다. 그가 신학교를 졸업하고 캄보디아에서 선교활동을 하고 한국으로 돌아와 지금의 교회를 개척하는 동안 내가 한 것이라고는 고작 당신의 젖꼭지를 만지작거리고 기저귀에 똥을 싸고 걸핏하면 이유 없는 울음을 터트리는 일이었다. 스물두 살이 되었다고 해서 내 상황은 달라지지 않았다. 당신이 벌어온 돈으로 인터넷 쇼핑을 하고 당신이 차려주는 밥을 먹고 당신의 손을 빌려 땀띠가 돋아난 등에 약을 발랐다. 누군가의 돌봄 없이 나는 살아갈 수 없는 존재였다.

복잡하게 생각할 거 없어요. 그냥 친구해요, 우리.

그가 내 손을 낚아채 깍지를 끼며 말했다. 나와 그의 손가락이 하나의 짝처럼 굳게 맞물렸다. 그 순간 내 손에 촘촘히 돋아있는 시뻘건 땀띠가 눈에 들어왔다. 불현듯 전염병처럼 땀띠가 그에게로 옮겨갈지도 모른다는 생각이 들었다. 그의 손을 거칠게 뿌리쳤다.

손대지 마세요. 더러워요.

등 뒤로 손을 숨기며 나는 소리쳤다. 테이블 위에 그의 손이
홀로 남았다. 중년 남자의 것이라고는 믿을 수 없을 만큼 새하
얀 손이었다. 그 손으로 그는 커피 잔을 들어 입으로 가져갔
다. 내 행동에 대해 어떤 반응을 보여야 할지 고민하고 있는
것 같았다. 그 모습을 조용히 지켜보며 나는 안도의 한숨을 내
쉬었다. 그는 자신의 호의를 끝끝내 거절하는 나에게 지친 것
처럼 보였다. 마시면 마실수록 갈증 나는 탄산음료를 마신 아
이처럼 애정결핍에 시달리는 내게 실망했는지도 몰랐다. 어
느 쪽이든 나는 상관없었다. 더 이상 그가 친구하자는 얘길 하
지 않을 거란 사실만이 내겐 중요했다. 나는 그가 내 옆으로
오지 않고 자신의 자리를 지켜주길 바랐다.

가끔 난 벌거벗고 거리를 뛰어다니는 상상을 해요.

그의 목소리는 귓속말하듯 작고 은밀했다.

하늘과 땅 사이에 끼여 어느 쪽에도 속하지 못하는 사람, 그
게 바로 나 같은 목회자에요. 신처럼 순결해질 수도 인간처럼
타락할 수도 없어 아슬아슬하게 균형을 유지해야 하는……

말끝을 흐리는 그의 눈에 짙은 그림자가 드리워졌다.

기분을 상하게 했다면 미안해요.

그의 목소리는 낮게 가라앉아 있었다. 손대지 마세요. 더러

워요. 내가 말한 더러움의 대상을 그는 자신이라고 생각한 것 같았다. 내 손을 잡은 그의 마음을 누구보다 그가 가장 잘 알고 있을 것이었다. 여자를 탐하는 남자로서의 욕망 그러니까 자신도 나약하고 부족한 존재에 지나지 않다는 것을 그는 드러내고 있었다. 신의 아들이 인간이 되어 세상에 내려온 것처럼.

나는 시선을 아래로 떨어트렸다.

그의 앞에 놓여 있는 에스프레소 잔이 눈에 들어왔다. 간장 종치처럼 작은 잔은 바닥이 훤히 드러나 있었다. 순간 나는 흠칫 놀라 숨이 턱 막혀왔다. 텅 빈 커피 잔은 신이 내게 보내는 신호 같았다. 순종의 시간이 돌아왔음을 알리는.

기도하니까 자꾸 생각하게 되고 그러다 보니까 나도 모르게 마음에 품게 되고…… 나를 이해해줄 수 있겠어요?

여전히 내 눈은 빈 잔에 머물러 있었다.

다시는 이런 일 없을 거예요. 맹세해요.

그는 자신의 과오를 고백하고 회개하면 예전으로 돌아갈 수 있을 거라고 생각한 듯했다. 하지만 그건 그의 잘못된 판단이었다. 그가 불완전한 면을 내보일수록 내 마음은 점점 그로부터 멀어지고 있었다.

중요한 것은 그의 행동이 아니라 생각이었다.

만일 그가 내 몸을 원한다고 했다면 나는 흔쾌히 수락했을 거였다. 나를 대하는 자신의 행동에 대해 그가 아무런 죄의식이 없다면 나는 그에게 내 모든 것을 내어줄 수 있었다. 하지만 지금 그는 자신이 여느 사람들처럼 실수할 수 있음을 인정하고 있었다. 자신이 틀리고 잘못 할 수 있는, 그 어떤 가능성에 대해 그는 내게 동의를 구하고 있는 중이었다.

그의 약속은 이미 깨진 것이나 다름없었다.

나약하고 불쌍하고 누군가의 도움 없인 살 수 없는 존재. 그 것은 나여야지 그여서는 안 되었다.

그와 눈이 마주친 순간 나는 그에게서 나를 발견했다. 그는 내 얼굴을 가지고 내 표정을 짓고 있었다.

나로 변해버린 그를, 나는 용서할 수 없었다.

지난날의 나로 되돌아가고 싶지 않다는 열망이 나를 강하게 휘감았다.

그를, 아니 나를 죽여야 했다. 그래야만 내가 아니, 그가 살 수 있었다.

잠시 후, 내 머릿속의 나는 날카로운 흉기를 들고 내 몸을 난도질하기 시작했다. 칼이 심장을 찌르고 망치가 머리를 후려치고 톱이 다리를 조각냈다. 나를 간신히 일으켜 세우던 믿음과 희망이 모두 폐기처분되었다. 하늘이 아래로 꺼지고 땅이 위로 솟구쳤다. 바다가 메마르고 사막에는 물이 부글부글 끓어 넘쳤다. 밤에는 해가 뜨고 낮에는 달이 떠올랐다. 길을 일러주는 별 따위는 반짝거리지 않았다. 갈기갈기 찢어지고 오장육부가 다 튀어나와 흉측하고 징그러운 내가 그의 앞에 앉아 있었다.

나를 사랑하나요?

당황한 그의 두 눈이 크게 벌어졌다.

날 사랑해요?

그의 얼굴이 내 몸에 돋은 땀띠처럼 새빨개졌다.

날 사랑하냐구요!

세 번 예수를 부인한 베드로처럼 그의 입은 꽉 다물려 있었다. 당신을 사랑받기 위해 태어난 사람이라며 사랑이란 말을 반복하던 그였다. 백 퍼센트의 사랑은 모든 종류의 사랑을 포함한다. 인간으로서의 사랑, 하나님의 자녀로서의 사랑, 그리고 이성으로서의 사랑. 그것이 백 퍼센트 완벽한 사랑이라고 그가 말해주기를 바랐다. 내가 그의 교회에 다니는 성도이기 이전에 여자라는 건 누구보다 내가 가장 잘 알았다. 성찬식에서 마시는 포도주처럼 붉은 입술, 기도하는 손처럼 뾰족 솟아오른 가슴, 성경책의 하얀 속지처럼 보드라운 살결…… 나의 모든 것을 사랑한다고 고백하면 나는 그를 잃지 않을 수 있었다.

나한테 말했었잖아요.

구십구 퍼센트의 순종이 불순종이듯 구십구 퍼센트의 사랑도 사랑이 아니라는 것을 나는 그에게 알려주고 싶었다. 어제도 내 딸이었고 오늘도 넌 내 딸이야. 내일도 네가 내 딸이란 건 달라지지 않아. 넌 언제나 너였어. 깊은 어둠 속에서 울고 있는 내게 당신은 그림자를 온몸으로 품어야 한다고 다그쳤다. 어둠을 견디는 일, 그건 나를 지키는 당신만의 방식이었다. 엄마처럼 당신도 내게 순도 백 퍼센트의 사랑을 주고 싶었을 뿐이라는 걸 이젠 알려주어야만 했다.

나는 사랑받기 위해 태어난 사람이라구요.

텅 빈 내 눈에는 오직 그만 또렷이 비치고 있었다.

예배당을 주의 깊게 둘러본 것은 이번이 처음이었다. 예배당은 어둡고 찬송가가 낮게 깔려 있어 아늑한 분위기를 자아냈다. 불이 드문드문 켜져 있는 벽을 따라 내 시선은 정면으로 옮겨갔다. 강대상 뒤에 걸려 있는 십자가에만 강한 빛이 비춰지고 있었다. 그리고 그 십자가 아래에 무릎을 꿇고 기도를 하고 있는 그가 보였다. 그림자 때문인지 그가 있는 자리는 유독 그늘져 보였다.

한 번의 실수만으로도 땅끝으로 추락해야 하는 사람이에요, 나는.

그날 그가 했던 말이 머릿속에 빙빙 맴돌았다. 나는 그의 어깨 너머에 걸려 있는 십자가를 노려보았다. 너무 말라 갈비뼈가 앙상하게 드러난 예수가 십자가에 위태롭게 매달려 있었다. 그의 몸을 가리고 있는 손바닥만 한 하얀 천 조각을 치워

202

버린다면 그는 아무것도 걸치지 않은 상태였다. 이제까지 단한 번도 그가 반나체라는 것에 대해 생각해본 적이 없었다. 처음 그와 마주하는 마음으로 그를 머리에서 발끝까지 천천히 살펴보았다. 가시면류관을 쓴 그는 볼연지를 바른 것처럼 뺨을 피로 붉게 물들이고 있었고 그의 팔과 허리는 가녀린 여자의 것처럼 보호본능을 일으켰다. 내 눈은 그의 음부에서 잠시 멈춰 섰다. 그곳을 가리고 있는 천은 방금 갈아입은 듯 새하얀색이었다. 골고다 언덕을 오르며 흙과 먼지로 더러워진 그의 몸과 대조를 이루고 있었다.

시선을 아래로 옮기던 나는 얼굴을 잔뜩 찌푸리고 말았다. 두 다리를 모은 채 십자가에 하나의 못으로 박힌 그의 모습은 나로 하여금 요염하게 다리를 꼬고 있는 배우를 연상하게 했다. 채찍과 욕설이 난무하는 하드코어 포르노를 감상하고 있는 것 같은 느낌을 떨쳐내기 위해 나는 고개를 세차게 흔들었다. 성인이 되기 전까지 예수에 대한 기록이 거의 남아 있지 않다는 사실을 떠올린 건 다음 순간이었다. 예수의 부활은 한 인간의 죽음과 희생을 전제로 이루어진 것이었다. 나는 십자가 아래에 엎드려 있는 그를 내려다보았다. 벌거벗고 거리를 활보하고 싶다던 그였다.

나는 그를 홀로 남겨둘 수 없었다.

시간 좀 내주세요. 잠깐이면 돼요. 아주 잠깐이요.

십자가 아래 웅크리고 있는 그에게 다가가 나는 조용히 속삭였다.

예배 끝나고 전화할게요.

귀엣말하듯 그도 작게 속삭였다.

헐벗은 예수가 그런 우리를 내려다보고 있었다.

단상 위에 그를 홀로 남겨두고 나는 자리로 돌아와 앉았다. 그리고 두 손을 모아 간절하게 기도를 드리기 시작했다. 신의 존재에 대한 확신은 이제 내게 중요하지 않았다. 내 안에 그가 있는 것이 아니라 그 안에 내가 존재해야 했다. 나는 그의 일부였고 내가 없는 그는 그가 아니었다.

어서 얘기하세요. 나를 원한다고.

내 기도는 그를 향한 것이면서 동시에 나를 향해 있었다. 하나님의 사랑으로 풍요로웠던 그의 영혼은 나로 인해 상처가 났다. 상처 입은 그의 영혼을 치유할 수 있는 건 내 가난한 영혼이 아니었다. 상처 입었지만 풍요로운 내 육체였다. 나의 육체를 통해 그의 믿음은 굳건해지고 그는 더욱 성스러워져야 했다. 빛과 어둠처럼 그와 나는 서로 다름으로 서로를 지켜내야 하는 관계였다. 그러니까 더러움의 대상은 그가 아니었다. 그건 철저히 내 몫이어야 했다.

당신에겐 내가 필요해요. 나의 모든 것은 당신을 위해 존재해요.

소리 없는 내 기도에 그는 여전히 대답이 없었다.

가난한 영혼과,

그와 나 사이에 깊고 단단한 침묵이 흘렀다.

더러운 육체.

짧은 두 단어를 내뱉었을 때였다. 갑자기 내 입에서 낯선 말들이 흘러나오기 시작했다. 성령이 몸 안에 임한 것이었다. 방언, 그것은 순결한 신의 언어이면서 그와 나 둘만의 은밀한 언어였다. 내가 하는 말은 오직 그만이 알아들을 수 있었다. 나는 두 눈을 번쩍 뜨고 십자가에 매달려 있는 예수를 노려보았다. 그리고 소리 내어 말했다.

나를 가지세요.

그는 불완전하지만, 나로 인해 완전해질 수 있었다.

나만 품으세요.

그에게 나는 무엇과도 대체될 수 없는 유일무이한 존재였다. 실수가 아닌 사랑의 이름으로 그일이 행해져야만 그는 절대 추락하지 않는다. 나를 향한 그의 백 퍼센트 사랑, 그 믿음이 그를 구원할 것이었다. 나는 그를 지킬 수 있는 유일한 사람이었다. 나는 그의 일부에 불과하지만, 그의 어두운 일부를 감당할 내가 없으면 그는 그가 될 수 없었다. 그는 내가 아니지만 나는 바로 그였다.

그에게 난, 죄인이면서 구세주였고 또 그 자신이었다.

나와 함께 있는 한, 그의 어둠을 내가 맡고 있는 한 그는 여전히 완전무결한 신이었다.

모든 것을 다 알고 계획하시는 하나님에게 나는 모두 맡기기로 결심했다. 나와 당신, 엄마. 그와 그의 아내, 두 아이들, 그리고 교회에 다니는 수백 명의 성도들의 삶까지 우리 안에서 역사하시는 하나님의 전지전능하심 아래 소중하게 놓아두었다.

에덴 가든. 모텔 이름이 선명하게 박혀 있는 베개를 베고 그는 잠들어 있었다.

그의 옆에 나는 무릎을 꿇고 앉았다.

일 년 내내 긴 팔 정장 차림이던 그의 몸은 희다 못해 창백했다.

희디흰 그 몸을 나는 혀로 핥기 시작했다.

십자가에 못 박히기 전날 밤 제자들의 발을 씻긴 인간 예수처럼.

이마에서

뺨으로

목을 지나

어깨

쇄골로

다시

가슴으로

배로,

발갛게 땀띠가 돋은 내 몸은 하나의 커다란 혀가 되어 그를 구석구석 탐했다.

그의 몸은 내 아래 놓여 있었다.

그 누구도 대신할 수 없는

세상에 단 하나뿐인

그 존재,

바로 그 아래 놓여 있었다.

내 얼굴이 땀으로 번들거리고 땀띠가 온몸으로 번져갔다.

내가 안아야 할 어둠이 커질수록 그는 조금씩 생기를 되찾아갔다.

어둠이 지나고 날이 밝아올 때까지 나는 뜬 눈으로 그의 옆을 지켰다. 그와 함께 새벽예배에 갈 생각이었다.

항상 기도하며 깨어 있으라. 새벽예배에 오신 여러분을 예수님의 이름으로 축복합니다.

단상에 서 있는 그와 그 아래 앉아 있는 나,

그리고 그런 두 사람을 흐뭇한 얼굴로 바라보는 당신의 모습을 상상했다.

그를 따라 당신이 성경책을 펼치고 그가 전하는 하나님의 말씀에 귀를 기울였다.

구십구는 백이 될 수 없습니다. 하지만,

그는 목소리를 한 번 가다듬었다.

누군가 당신 옆에 있다면 당신은 백이 될 수 있습니다.

성수(聖水)를 뿌리듯 나는 그의 얼굴에 침을 뱉었다.

이제 그가 깨어날 시간이었다.

세상에서 가장 비싼 소설

세상에서 가장 비싼 소설

진분홍빛 보드에 새하얀 키(Key)가 빼곡하게 박혀 있다. 그 모습이 마치 씨가 알알이 박힌 잘 익은 석류를 연상시킨다. 이보다 화려하고 감각적인 컬러의 노트북이 있을까. 삼성전자 센스 NT300V3A-A16P 라즈베리 핑크. 출시된 지 몇 년이 지났지만 무채계열 일색인 시중의 노트북들 중에 단연 돋보인다. 상큼하고 톡톡 튀는 라즈베리 핑크 외에도 강렬하지만 세련된 시크 블랙, 지적이고 차가운 스모키 실버, 시원하고 도시적인 알래스카 블루, 생기 있고 발랄한 바이탈 오렌지 등 총 다섯 가지 컬러가 현재 판매 중이다. 성능보단 디자인, 그러니까 미적 기능이 특화된 노트북이다. 예술가를 포함해 심미안을 가진 사람이라면 누구나 탐낼 만한 아이템이랄까.

라즈베리 핑크 키보드에 조심스럽게 손을 올린다.

두 개 혹은 세 개의 자판을 누르면 하나의 글자가 만들어진다. '소'나 '설'과 같은.

작가란 모름지기 글을 쓰는 행위를 통해 자신의 존재가치를 증명하는 사람이다. 서른다섯의 김 과장이 아침 일곱 시에 일어나 회사에 출근해 야근과 회식으로 이어지는 기나긴 하루를 버티는 것처럼 작가는 'ㄱ'에서부터 'ㅣ'까지 스물네 개의 자음과 모음을 하나씩 곱씹으며 글자를 조합해나가는 지난한 과정을 견뎌낸다. 그것은 남자친구가 성탄절 선물로 준 2만 조각짜리 퍼즐을 맞추는 일과 유사하다. 좋아서 시작한 일이지만 결코 좋은 마음만으로는 완성하기 어려운 것이다. 그런 게 바로 소설이다. 그 생각은 오늘도 변함이 없다.

한 글자당 오십 원.

원고료를 글자 수로 나눠봐야겠다는 생각이 든 건 청탁 한 번 없이 봄과 여름, 가을과 겨울을 보낸 다음이었다. 등단하고 삼 년 만에 시상식에서 했던 소감을 떠올려야 했다.

드디어 제가 취직을 했습니다.

올리브색 원피스를 입은 서른두 살의 나는 마이크 가까이 입을 가져다 댔다. 당선소식을 듣고 부모님께 이렇게 말씀드렸습니다. 사대보험에 가입이 된다거나 보너스를 받는 것은 아니지만, 평생 해고당할 걱정 없는, 아주 좋은 평생직장에 취직되었다고 말입니다. 소설가란 타이틀이 제게는 대기업에 취직한 것보다도 기분 좋은 일이었습니다. '하지만'이란 접속사를 힘주어 말하고 나서 나는 강당 뒷좌석에 앉은 엄마를 바라보았다. 할 수만 있다면 엄마의 배를 째려보고 싶었다. 회사를 그만두고 내가 글을 쓰겠다고 했을 때 엄마는 오른손으로 자신의 배를 세게 내리치며 절규했다. 이게 잘못된 게지. 이 속에서 나온 것들이 죄다 이 모양인 걸 보면. 회사를 왜 안다녀. 남들 다 하는 취직을 왜 내 자식들만 안 하냐고. 엄마의 주름진 손이 내가 태어난 그곳을 때릴 동안 나는 은은한 향이 풍기는 부드러운 손을 끊임없이 꼼지락거렸다. 손을 씻고 나서 나는 매번 잊지 않고 록시땅 핸드크림을 챙겨 발랐다. 록시땅 제품은 20%의 풍부한 시어버터를 함유하고 있어 촉촉함이 오래 지속된다. 아이돌 걸그룹에게 예쁜 얼굴과 섹시한 몸이 있다면 내겐 부모님이 고이 물려주신 두 손이 있다는 걸 난 잊은 적이 없었다. 한 번도 부러지거나 접질린 적 없는 튼튼한 열 개의 손가락.

작가란, 본래 1인 기업이라서 작가 자신이 사장이면서 과장, 말단 사원일 뿐 아니라 투자해야 할 자본금이면서 팔아야 할 상품이라는 것을 잘 알고 있습니다. 결국, 작가 스스로가 작가란 직업을 만든다는 것을 말입니다. 오빠는 대학 재학 중 투자자문회사를 설립했고 몇 년 후 투자금 천억을 달성했다.

또 하나 한 거야?

　시중 은행 PB센터에서 근무하는 펀드매니저들이 일 인당 평균 오백억을 운영하고 있을 때였다. 프린터가 작동하면서 거실에 무겁게 가라앉은 정적을 깼다. 엄마가 슬며시 다가와 물었다. 벌써 또 하나 쓴 거야? 엄마는 내게 한 편의 소설을 탈고한 것이냐고 묻고 있었다. 출근과 퇴근, 일할 때와 놀 때의 경계가 불분명한 직업이 바로 작가였다. 눈에 불을 켜고 자료검색에 열중하는 모습과 좋아하는 남자 연예인의 스캔들 기사를 읽는 모습이 별반 다르지 않았다. 사십 년 동안 와이셔츠를 입고 회사에 출근하는 남편을 뒷바라지해온 엄마로서는 당혹스럽지 않을 수 없었다. 단편집 한 권 묶지 않은 신인 소설가를 딸로 둔 그녀에게 소설이란 눈에 보이지도 않고 손에 잡히지도 않는, 상상 속의 그 무엇이었다. 월말이 되면 통장에 찍히던 남편의 월급처럼 프린터 기계음은 엄마에게 일종의 신호였다. 내 딸이 무언가 하고 있구나. 그래, 지금 일을 하고 있는 게 분명해. 안방에 앉아 귀를 쫑긋 세우고 프린터 소리를 기다리는 일, 그리고 그 소리에 맞춰 벌떡 일어나 거실로 나온 딸에게 다가가 말을 건네는 일. 그 모든 것이 소설가라는 낯선 직업군에 적응하려는 그녀만의 노력이란 걸 나는 잘 알고 있었다. 그럼에도 불구하고 퉁명하게 대답할 수밖에 없었다. 나 역시 언제 내 글이 팔릴지 알 수 없는 건 마찬가지였다.

영업사원한테 실적 물어보는 건 실례지.

다시 방으로 돌아오자마자 나는 후회했다. 무용(無用)의 유용성을 몸소 실천하는 사람이 바로 작가였다. 내가 문학사에 길이 남을 작품을 썼다고 해서 세상은 달라지지 않는다. 여전히 비정규직은 고용 불안에 시달리고 예술가는 시대가 요구하는 예술과 시대를 필요로 하는 예술 사이에서 갈등할 것이 분명했다. 그리고 원고료는 여전히 한 글자당 오십 원일 것이다.

한 편의 작품을 완성할 때까진 절대 출력하지 않겠다고 나는 마음속으로 다짐했다. 하지만 번번이 그 결심은 깨질 수밖에 없었다. 손에서 느껴지는 종이 질감이 좋아 나는 매달 만팔천 원을 내고 경향신문을 구독하고 있었다. 모니터로 보는 글은 글 같지가 않았다. 전자책이 종이책의 대체재가 아니라 보완재라는 의견에 대해 나는 적극 동의하는 사람 중 하나였다. 집으로 배달된 신문을 읽는 것으로 내 하루는 평화롭게 시작되었다. 경향신문은 다른 신문에 비해 문학을 포함한 문화 전반에 대한 기사가 많았다. 그 내용 또한 깊고 풍성했다. 작가가 아니더라도 인문학적인 소양을 넓히고 싶은 사람이라면 누구나 읽으면 도움이 될 만한 신문이었다. 어느 정당인이 말한 '저녁이 있는 삶' 못지않게 '신문이 있는 아침'은 문화인으로서의 품격이 느껴졌다.

종이의 빳빳하고 따뜻한 질감에 이미 난 익숙해진 상태였다. 집필 중인 원고를 중간에 프린터로 출력해 검토해보는 습관을 없애는 건 내게 불가능에 가까웠다. 엄마 눈치를 보는 것도 삼사일이면 저절로 사그라졌다. 오히려 프린터 출력 횟수가 증가하기도 했다. 글이 잘 안 써질 때였다. 이야기 진행이 잘 안 되면 그동안 썼던 글을 모아 찍기로 출력해 그 흐름을 훑어보는 게 또 하나의 내 버릇이었다. 3인칭 전지적 작가의 시점으로 원고를 한눈에 내려다보는 것이다. 프린터 기계음이 들릴 때마다 얼굴에 생기가 돌던 엄마와 달리 나는 속이 바짝 타들어 갔다. 벌써 다 쓴 거야? 또 쓴 거야? 한 단락 덧붙이고 출력하길 반복하는 나에게 엄마는 묻고 또 물었다.

천진난만한 엄마의 얼굴과 마주할 때면 나는 무작정 고개를 끄덕이고 싶은 유혹에 시달렸다. 엄마에겐 삼십 대 중반의 나이에 천억 원을 운용하는 투자자문사 대표 아들이 있었다. 아들과 따로 대화하지 않아도 아들에 대한 소식을 손쉽게 접할 수 있었다. 인터넷 검색창에 아들의 회사명을 입력하면 관련 기사가 항목별로 나열되었다. 회사 운영 현황에 대한 자질구레한 뉴스부터 대학에서 강연한 두 시간짜리 동영상까지. 투자자문사 최연소 대주주인 그 아들은 초심을 지키기 위해 더 이상 투자자를 받지 않겠다고 공식 선언했다. 그러자 대기 순번을 받고 기다리는 고객들이 생겨났다. 하지만 엄마의 또다른 자식, 내 상황은 그와 많이 달랐다. 내가 소설을 쓰든 안

쓰든 그 소설이 좋든 별로든 아무도 신경 쓰지 않았다. 엄마가 한 편을 다 썼느냐고 묻지 않는다면 내가 출력한 종이에 적힌 글이 일기인지 소설인지 분간할 길조차 없었다. 문예지에 실리지도 않고 책으로 발간되지도 않은 그 소설들은 소설이면서 또 소설이 아니었다. 그것들은 분명 존재했지만 존재하지 않는 것과 다름없었다.

마음속에서 자신이 작가란 것을 잊어버리는 순간, 불량품을 생산하고 회사도 망하게 됩니다. 글을 쓰지 않는 작가, 글을 쓰고 있어도 작가로서의 자기검열을 게을리하는 작가가 그러한 예에 속하는 것이라고 생각합니다. 앞으로 스스로에게 해고당하지 않는 작가가 되도록 열심히 노력하겠습니다. 감사합니다. 청중을 향해 허리를 깊게 숙이는 것으로 내 소감발표는 끝났다.

일 년 동안 단 한 편의 작품도 발표하지 않은 나를 작가로 기억해주는 사람은 엄마밖엔 없었다. 투자자문회사를 창업한 아들에게 투자할 고객과 자본이 있는 것처럼 1인 기업인 작가 딸에게는 소설을 읽어줄 독자와 좋은 소설의 밑거름이 되는 이야기가 필요하다는 걸 엄마는 눈치챘다. 그리고 드라마에서 등장하는 수많은 우여곡절 중 무엇 하나 자신이 물려주지 못했다는 것 또한 깨달았다. 여자는 한 남자를 만나 사랑에 빠진다. 사랑하는 연인 사이가 된 둘은 상견례 자리에서 두 부모님들의 악연에 대해 알게 된다. 여자의 아버지는 자신의 비리를 감추기 위해 한 사내를 죽인 적이 있었다. 억울한 죽음을 당한 사내의 아들이 바로 여자가 사랑하는 남자였던 것이다. 아버지를 죽인 원수의 딸을 사랑하는 재벌 남자의 헌신적인 사랑. 드라마를 시청하던 엄마가 옆에 앉은 내게 한 마디 던졌다.

아버지가 살인자가 아니라서 넌 시집을 못 가는 거니.

나는 고개를 끄덕이는 대신 푹 숙였다. 결혼을 약속한 오랜 연인과의 이별마저도 작가에게는 소설의 디테일을 살리고 인물의 감정선을 풍부하게 만드는 값진 경험이 된다고 이야기했던 건 서른네 살의 나였다. 복잡한 가정사를 털어놓는 작가 지망생 후배에게 노다지네, 노다지, 넌 이제 쓰기만 하면 돼, 불우한 어린 시절만큼 작가에게 값진 유산이 없다며 후배의 어깨를 두드리기도 했다. 후배에게 가난하고 불행한 가족이 무궁무진한 소설꺼리가 매장된 금광이라면 나에게 가족은, 사전적 의미의 금 그 자체였다. 눈부시게 빛나는 단단한 존재감. 그들과 가까이하기에 나는 시커멓고 더러운, 게다가 깨지기 쉬운 석탄이었다. 대출 관련 스팸 문자를 받은 엄마에게 나는 소득이 없어 그런 문자를 받지 못하는 거라며 스팸문자 받는 엄마가 부럽다고 자조 섞인 농담을 건네고, 맞선 자리에 나온 남자가 재정적으로 어떤 계획이 있냐고 물으면 소식(小食)할 거라고 퉁명스럽게 대답하…… 금과 석탄, 같은 탄광에서 나왔지만, 오빠와 나는 너무도 다른 남매였다. 혼자서는 아무것도 할 수 없고 누군가 도와줘야만 환하게 불을 밝힐 수 있는 무력한 존재. 그게 내 눈에 비친 나 자신의 모습이었다.

담배를 피우는 대신 나는 롯데 제주 감귤 주스를 한 모금 마신다. 오렌지 주스에 비해 신맛이 적어 목 넘김이 좋다. 글을 쓰다가 잠시 머리를 식히고 싶을 때 나는 차나 과일주스를 한 잔 마신다. 특히 감귤에는 비타민 C가 풍부하게 함유되어 있어 피로회복과 감기예방 그리고 피부미용에 좋다. 삼국시대 때 공물로 바쳐졌던 감귤은 아무나 먹지 못하는 진귀한 과일이었다. 부모님이 집에 사다둔 귤이 떨어지면 나는 편의점에 가서 롯데 제주 감귤 주스를 사 먹곤 한다. 180ml에 1,300원. 담배 5개비에 해당하는 금액이다. 정확하게 다섯 모금으로 나는 감귤 주스를 나눠 먹을 생각이다.

짙은 담배연기에 충혈된 것처럼 눈시울이 붉어진다. 나는 서랍에 처박아둔 만년필을 모두 꺼내 펼친다. 다섯. 이 숫자는 대학을 졸업한 후 내가 만났던 남자들의 수와 일치한다. 만난 기간은 일주일부터 오 년까지 다양하지만 화이트데이와 크리스마스, 혹은 외국 출장을 다녀온 기념으로 내게 건넨 선물이라는 점은 동일하다. 몽블랑부터 중국 명품브랜드 상하이 탕

(Shanghai Tang)까지 각기 다른 디자인과 색상의 만년필들이 일렬로 책상에 놓인다. 망설임 없이 나는 몽블랑을 집어 든다. 인생의 동반자가 될 뻔했던 남자가 준 만년필이다. 그 사람과 함께라면 세상에 두려울 것이 없다고 생각하던 때가 있었다. 그와의 사랑은 그러나 지극히 상투적이고 유치한 결말로 끝났다. 예전에 사귀었던 남자들과 별반 다르지 않았다. 이별은 슬프기보단 씁쓸했다. 그를 닮은 아이를 낳고 싶었다.

종이에 대고 한 글자씩 천천히 써내려간다.

이. 재. 용.

세계 최고의 악기 장인 과르네리가 만든 바이올린에선 어떤 소리가 날까. 인터파크에서 파는 6만 원짜리 연습용 바이올린조차 켜 본 적이 없는 나로서는 그저 상상만 할 수 있을 따름이다. 그럼에도 과르네리 바이올린이 연습용 악기보다 훨씬 더 풍부한 음과 안정된 리듬을 만들어낸다고 확신한다. 세계적인 바이올리니스트 정경화가 가지고 있는 바이올린이 바로 그 과르네리다. 과르네리는 17세기 이탈리아 크레모나 지역 출신의 유명한 현악기 장인 가문으로 스트라디바리(Stradivari)와 함께 세계 최고의 마에스트로로 손꼽는다. 2006년 뉴욕 크리스티에서 스트라디바리에서 만든 바이올린이 354만 달러에 팔린 기록이 있다. 공식적으로 알려지진 않았지만, 정경화의 바이올린도 그에 버금가는 40억 정도일 것이라고 전문가들은 추정하고 있다. 비싼 만큼 최상의 음색을 들려준다. 이보다 악기와 연주자의 관계를 명료하게 설명해주는 말은 없다고 전문가들은 말한다. 과르네리의 삶은 평탄하지 않은 것으로 전해진다. 더러 그가 제작한 바이올린 중에 거칠게 제작된 것이 있는데, 그의 악기 품질에 기복이 심한 것은 모두 그의 우여곡절 많은 인생 탓이라고 한다.

유튜브에 접속해 정경화 연주 동영상을 검색한다. 유튜브에는 없는 거 빼곤 다 있다. 두 눈을 감고 비발디의 사계(四季)를 듣는다. 봄과 여름, 가을과 겨울이 감미롭게 흘러간다. 바이올린을 연주하는 것은 정경화만이 아니다. 과르네리는 살아 있다.

삼성전자 센스 NT300V3A-A16P 라즈베리 핑크.

이 노트북을 구매한 이유는 단순히 디자인 때문이었다. 다섯 가지 컬러 중 라즈베리 핑크를 고른 것도 주문 당일 붉은색 과일인 딸기가 먹고 싶었기 때문이다. 다니던 회사를 그만두고 소설을 쓰겠다고 결심한 것도 이와 비슷했다. 다른 점이 있다면 딸기가 아니라 피자였다는 것이다. 퇴근하고 집에 오는 길이었다. 문득 도미노 피자가 먹고 싶었다. 피자 먹을 생각에 집으로 가는 걸음을 재촉하던 나는 순간 멈칫했다. 피자 60판이면 한 달 월급에 맞먹는 액수였다. 하루에 피자 두 판. 상사 눈치 보며 이리저리 뛰어다니던 회사에서의 내 모습이 먹다 남긴 식은 피자 조각처럼 초라하게 느껴졌다. 그로부터

구 년이 흘렀다. 그동안 단 한 번도 내 돈을 내고 피자를 사 먹은 적이 없었다. 딸기도 마찬가지였다. 사실 내가 생활하면서 드는 모든 비용은 부모님으로부터 나왔다. 부모님이 사다놓은 딸기를 먹고 부모님이 사주신 피자를 먹었다. 사람들이 집에서 글 쓰는 게 힘들지 않냐며 작업실을 따로 구해 나올 생각이 없냐고 물으면 나는 늙으신 부모님이 적적해 하실까 집에서 작업한다고 답하곤 한다. 하지만 실상은 그 반대다. 나는 부모님 집에 얹혀살고 있다. 부모님의 도움 없이는 작업실을 얻을 수 없을 뿐만 아니라 관리비도 내기 어려운 상황이다. 내 통장 잔고는 당선 상금과 몇 번의 원고료와 몇 번의 아르바이트, 그리고 오빠와 부모님께 생일 축하 선물로 받은 현금이 전부다.

몽블랑 만년필과 라즈베리 핑크 노트북을 나는 번갈아 쳐다본다. 그러다 키보드에 시선이 오래 머문다. 진분홍빛 보드에 새하얀 키(key)가 빼곡하게 박혀 있다. 여전히 그 모습은 씨가 알알이 박힌 잘 익은 석류를 연상시킨다. 이보다 화려하고 감각적인 컬러의 노트북을 본 적이 없다고 나는 또 생각한다. 그리고 한 글자씩 정성스레 쓴다.

이. 재. 용.

하얀 한글 파일에 검은 글씨가 새겨진다. 석탄처럼 시커먼 색이다. '강렬하지만 세련된 시크 블랙'으로 쓰면 전성태의「늑

대」 같은 소설이 될까. '지적이고 차가운 스모키 실버'로 글을 쓰면 이장욱의 「우리 모두의 정귀보」 같은 소설이 나오는 걸까. 만약 노트북의 컬러에 따라 다른 내용의 소설이 써진다면 나는 고독사한 사람들의 유품을 처리하는 과정이 그로테스크하게 묘사된 소설 따위를 쓰진 않았을 것이다. 내 노트북은 '상큼하고 톡톡 튀는' 라즈베리 핑크니까. 봄과 여름, 가을과 겨울, 원고청탁 없이 보냈던 지난날들에 대해 나는 생각하고 또 생각한다.

다시 한 번 이재용을 적는다.

그리고 숨을 깊게 들이 쉰다. 달콤한 향 같은 건 나지 않는다. 하얀 한글 파일 위 검은 글씨 이재용에게선 라즈베리 핑크가 느껴지지 않는다. 노트북을 최신형으로 바꿀지라도 달라지는 건 없다. 2015 맥북에어로 이재용이란 세 글자를 써봤자 그 가격은 동일한 백오십 원이다. 과르네리나 스트라디바리가 되살아나 스프러스 나무로 자판을 하나씩 정성껏 깎아내어 노트북을 만든다고 할지라도 아무런 소용이 없다. 한 글자당 오십 원. 결국 내가 쓴 '이재용'은 백오십 원일 뿐이다.

십오억사천만 원이란 돈을 벌기 위해선 얼마나 많은 글을 써야 하는 것일까. 오빠가 운영하는 회사는 2014년 일 분기 투자자문사 분야 영업실적 4위를 기록했다. 수익금이 아니라 수익률 측면에서라면 1위였을 놀라운 성과였다. 그 소식을 인터넷 뉴스로 확인한 날 나는 집에서 혼자 라면을 끓여 먹고 있었다. 부부 동반으로 부모님은 여행을 가시고 집엔 나 혼자 남았다. 시간 조절에 실패한 라면 면발은 힘없이 퍼져 있었다.

동일한 부모 밑에서 자란 두 사람의 인생이 이렇게 다를 수 있다니.

성공한 금융맨과 연봉제로의 신인소설가. 두 남매에게 닮은 점이 있다면 눈에 보이지 않고 손에 잡히지 않는 것을 다루는 직업을 가졌다는 점이었다. 문외한 눈에 주식은 얇은 종이 쪼가리였다. 소설 역시 다른 사람이 보기엔 길게 적은 일기에 불과할 것이었다. 더욱이 발표되지 않은 소설은 존재하지 않는 것과 다름없었다. 존재의 형식 측면에서 주식과 소설은 모두 애매모호하다는 공통점이 있었다. 하지만 그 애매모호함을 대하는 태도가 두 사람의 현재를 정반대로 바꾸어놓았다. 석탄과 다이아몬드는 동일한 화학 성분인 탄소로 구성된다. 차이는 딱 하나, 탄소의 배열이다. 석탄은 탄소 원자들의 배열이 제멋대로 흐트러져 있는 반면, 다이아몬드는 4개의 탄소 원자가 모여 만들어진 정사면체가 가로, 세로, 높이의 세 방향으로 끊임없이 반복된 형태로 되어 있다. 다시 말해, 정교한 배열이 다이아몬드를 석탄과 구별되게 하는 비밀인 것이다.

록시땅 핸드크림을 나는 손에 꼼꼼히 바르기 시작한다. 손등에서 반들반들 윤이 난다. 그 손으로 나는 스크롤을 위로 빠르게 움직인다. 이제까지 썼던 글이 빠르게 지나간다.

한국경제 TV에 출연했던 오빠는 젊은 나이에 투자자문사 대표로서 성공한 비법을 묻는 사회자의 질문에 이렇게 답했다.

아주 간단합니다. 자기값보다 싸게 나온 주식을 사서 제 가격을 받고 파는 것이지요.

그것이 자신의 투자 원칙이라고 말하는 오빠의 표정은 당당해 보였다. 투자에 조금이라도 관심이 있는 사람이라면 당연히 아는 가치투자의 기본이었다. 사회자는 허탈한 표정으로 고개를 끄덕였다. 다음 질문으로 서둘러 넘어가려는 사회자를 바라보며 오빠는 특유의 느릿한 목소리로 말을 이었다. 가격은 지불하는 것이고 가치는 얻는 것입니다. 항상 낮은 가격을 지불하고 높은 가치를 얻는 것, 그게 바로 워렌 버핏의 투자 비결이기도 하지요.

워렌 버핏은 투자의 귀재로 불리는 미국의 사업가이자 투자자다. 기존의 투자방식이던 단기적 시세차익을 통한 수익창출을 지양하고 기업의 내재가치와 성장률에 근거한 저평가 우량기업에 장기간 투자하는 것으로 유명했다. 2014년 블룸버그가 발표한 세계 200대 억만장자 순위에서 마이크로소프트의 빌 게이츠와 멕시코 통신의 카를로스 슬림에 이어 75조 6000억원으로 3위를 차지했다. 그는 자산의 85%를 사회에 환원하기로 약정하는 등 적극적인 기부활동을 진행하고 있었다. 모범적인 투자자로서 워렌 버핏은 투자자들의 롤모델로 인정받았다.

『삼대』의 염상섭부터『무기의 그늘』의 황석영과『랍스터를 먹는 시간』의 방현석을 거쳐『로기완을 만났다』의 조해진 그리고 바다를 건너『적절한 균형』의 로힌튼 미스트리와『내 이름은 빨강』의 오르한 파묵까지 나는 그동안 좋아하고 존경했던 작가들의 이름과 작품들을 하나씩 떠올린다. 수십 개의 작품들이 머릿속을 가득 채운다. 지난겨울 나는 문예창작학 박사학위를 취득했다. 학부까지 포함한다면 대략 육천 만원을 지불하고 얻어낸 문학박사 학위였다. 하지만 작년 한 해 글을 써서 번 돈은 0원이었다. 고전이라고 불리는 명작들을 읽고 필사하며 그들과 같은 작품을 쓰기 위해 온종일 노트북 앞에 앉아 있었다. 기나긴 그 시간들을 나는 천천히 되짚는다.

그건 한 글자당 오십 원짜리의 삶이었다.

이의를 제기하지도 의문을 갖지도 않았다. 내게 주어진 상황을 그대로 받아들이기만 했다. 투자는 가슴으로 하는 것이 아니라 머리로 하는 것이라고 말한 건 워렌 버핏이었다. 투기와 투자가 구분되지 않았던 '묻지마투자' 시절에 그는 가치투자의 길을 개척했다. 차트에 나타난 표면적인 수치에 의존하지 않고 기업의 내재적 가치를 발견하려고 노력한 그는, '눈에 보이는 것보다 보이지 않는 것'을 중요시했다.

기업의 가치를 측정하는 것은 과학인 동시에 예술이다.

워렌 버핏의 말을 곱씹으며 나 자신이 얼마나 예술가답지 않은 삶을 살아왔는지에 대해 생각한다. 보이지 않는 것을 보는 것, 그것이 바로 소설이다. 이재용. 내 손끝에서 발생되는 백오십 원의 가치를 말없이 지켜본다. 내가 얼마나 비생산적인 삶을 살아왔는지는 나 자신이 제일 잘 알고 있었다.

내가 등단한 해에 조카가 태어났다.

빨빨빨빨 빨간색 소방차가 달려갑니다. 애앵- 애앵- 애앵- 주주주주 주황색 오렌지가 굴러갑니다. 대굴-대굴-대굴- 노노노노 노란색 병아리가 노래합니다. 삐약- 삐약- 삐약- 노래 가사에 맞춰 조카가 엉덩이를 요리조리 흔드는 장면이 눈앞에 선하다. 가만히 누워만 있던 아기가 몸을 뒤집고 혼자 힘으로 기어가고 소파를 짚고 일어나 걷고…… 한 달 전 갤러리아백화점 어린이 매장에서 만난 조카는 신나게 뛰어다니고 있었다.

하루가 다르게 성장하는 조카를 떠올리며 나는 이것이 바로 오빠가 강조하던 자기 값보다 싸게 나온 주식, 즉 '저평가 우량주'라는 걸 깨달았다. 조카가 태어나던 날이 생각난다. 담요에 둘둘 싸인 작고 연약한 존재. 간호사 품에 안겨 보호본능을 일으키던 신생아가 어느새 곤드레 밥을 숟가락으로 떠먹는 어린이로 자라났다. 오십 년 후에 그 아이가 어떤 모습일지 마음속에 그려본다. 오빠의 바람대로 유엔 사무총장이 되어 있을지 모른다. 어쩌면 세계에서 제일 높은 개런티를 받는 영화배우가 됐을지도 모른다. 조카의 미래는 그 아이에 대한 내 상상력만큼 무한하다.

한글 파일 위에 내가 적은 세 글자는, 이젠 더 이상 백오십 원이 아니다.

'이재용' 옆에 나는 '단 한 사람을 위한 소설'이라고 쓴다.

이것이 바로 지금 내가 쓰려는 소설의 핵심이다.

아까 마시고 남겨두었던 롯데 제주 감귤 주스를 한 모금 또 마신다.

이재용이라는 이름을 들으면 사람들은 당당한 표정의 삼성전자 부회장을 떠올릴 것이다. 준수한 얼굴에 스마트한 패션 스타일, 그리고 귀공자다운 기품. 브랜드 가치 세계 7위의 삼성그룹 회장 이건희의 단 하나뿐인 아들. 하지만 삼성병원이 메르스 관련 최대 거점병원으로 지목되면서 그에 대한 지지도는 큰 폭으로 하락했다. 반면에 호텔 신라 대표이사 이부진은 발 빠른 대응으로 경영능력을 인정받는 동시에 홍보효과까지 톡톡히 보았다. 삼 남매 후계구도 속에서 그는 이미지를 쇄신할 획기적인 아이템이 필요할 거라는 것이 내 판단이다.

무엇보다 잦은 매체노출을 통한 친근하고 익숙한 인상을 대중들에게 심어주는 것이 중요하다. 많이 만나면 정이 쌓이고 정이 쌓이면 웬만한 일은 그냥 모르는 척 넘어갈 수 있는 것처럼, 그러니까 '또 하나의 가족'*이 되는 셈이다. 이재용이란 이름에 대해 나만큼 오래 그리고 깊이 생각한 작가는 없을 것이다.

그렇다고 내 글에 등장하는 이재용이 기업인 이재용은 아니다. 여기서 분명히 밝히지만 이재용이란 이름이 처음 언급되었던 – 그 남자를 닮은 아이를 낳고 싶었다 – 부분과 연관이 있는 것도 아니다. 내가 말하는 이재용은 오 년 사귄 남자의 이름도 그 남자의 아이 이름도 아니다.

롯데 제주 감귤 주스를 다 마신 나는 이번에는 한살림 결명자차를 한 모금 들이킨다. 노트북으로 글을 쓰고 책과 신문을 읽고, 대부분 내가 하는 일은 '눈'과 연관되어 있다. 식사할 때조차 나는 텔레비전을 시청한다. 그중 드라마 전문 채널을 즐겨본다. 처음에는 과도한 간접광고 때문에 눈살을 찌푸렸지만, 시간이 지나면서 오히려 그걸 즐기게 되었다. 방송은 어느새 간접광고 제품을 단순히 노출시키는 수준을 넘어섰다. 이제 배우의 대사나 행동을 통해 제품의 기능이나 특징들을 자

---

* '또 하나의 가족'은 삼성전자의 유명한 광고카피다.

연스럽게 보여준다. 가령 원고 마감을 앞두고 밤새 글을 쓰던 소설가가 결명자차를 마시며 눈이 맑아지는 기분이야, 하는 대사를 내뱉는 것이다. 만약 그 소설가가 여자이고 피부가 좋은 여배우가 그 배역을 맡았다면 피부미용에 도움이 되는 감귤 주스도 동반노출이 가능하다. 어떤 방식으로 광고 제품을 이야기 속에 흡수시키는지 지켜보는 것도 드라마 보는 재미 중 하나이다. 이야기 전개에 꼭 필요한 장치처럼 광고 제품을 영리하게 활용하는 장면에서는 절로 감탄사가 터져 나왔다.

나는 두 눈을 꼭 감았다 뜬다. 벌써 다섯 시간째 노트북을 들여다보고 있는 중이다. 눈이 뻑뻑한 것이 안구건조증이 악화된 것 같다. 결명자차를 한 모금 들이킨다. 입안에 쌉싸래한 맛이 남는다. 눈이 시원해지는 기분이다.

중간광고 시간에도 나는 채널을 돌리거나 화장실을 가지 않는다. 광고는 사전적 정의 그대로 상품이나 서비스에 대한 정보를 소비자에게 알리는 기능을 가진다. 휴대폰 신제품 소식이나 백화점 세일 정보를 나는 광고를 통해 습득하곤 한다. 굳이 인터넷으로 검색하는 노력을 할 필요가 없다. 광고를 보다 보면 저절로 정보를 알 수 있다. 절반 이상 남은 결명자차를 나는 한 번에 쭉 들이킨다. 통증이 한결 덜한 것 같다.

결명자차는 스트레스와 피로로 눈이 충혈 되거나 안구건조증이 있는 사람들에게 도움이 된다. 특히 수험생들에게 좋다.

시력회복은 물론이고 만성변비, 신장보호의 효능도 있다. 한 살림 결명자차는 500g에 5,700원으로 가격이 다소 비싼 편이지만 무농약 재배라서 믿고 마실 수 있다.

'이재용, 단 한 사람만을 위한 소설'을 써야겠다고 결심했을 때 가장 먼저 내 머릿속에 든 생각은 무슨 내용을 어떻게 써야 할 것인가 였다. 한 달에 한 번 만나는 조카에 대해 내가 알고 있는 것은 많지 않았다.

이재용은, 내 조카다. 오빠의 단 하나뿐인 소중한 아들.

아이에 대한 정보는 카카오톡 가족 단체채팅방에 올라오는 사진과 동영상이 전부였다. 클릭 몇 번으로 수십 장의 사진을 보내고 받을 수 있었다. 카카오톡이 없었으면 그나마 그 사진들도 편하게 보긴 힘들었을 거였다.

호텔 신라에서 파는 망고빙수를 좋아하고, 버버리 체크 코트를 즐겨 입으며, 친한 사람의 이름 앞에는 '까까'라는 단어를 붙이는 걸 좋아하고, 하루에 한 번 회원제 피트니스클럽 반트에 들려 까까할미와 함께 골프연습장에서 놀고, 직접 걸어 다니는 것보단 유아용 BMW미니쿠페에 앉아 엄마가 밀어주는 걸 좋아하고, 신발 중에선 벤시몽키즈 블루를 제일 좋아하고, 요즘 한창 그림그리기에 심취해 있고……

여러 가지 이야기를 곰곰이 되짚어보던 내 머릿속에 구스타프 클림트의 〈아델레 블로흐 - 바우어의 초상 1〉가 떠올랐다. 유화와 금을 섞어 그려 더없이 화려하고 현대적인 느낌을 주는 그림이다. 그림 속 여자는 빈 사교계 최고의 스타였다. 그녀의 남편 페르디난트 블로흐 - 바우어는 빈의 이름난 부자이면서 클림트의 후원자였다. 그는 클림트에게 자신의 아내를 그려 달라고 주문했다. 당시 빈에서는 부자 유대인들이 아내와 자식들의 초상화를 주문 제작하는 것이 유행이었다. 시선을 압도하는 강렬한 흑발, 아름답고 지적인 눈빛, 창백한 피부와 대조되는 분홍빛 뺨, 살짝 벌어진 관능적인 입술, 가늘고 긴 손목과 손가락…… 현대판 〈모나리자〉와 같은 초상화라는 극찬과 함께 이 그림은 2006년 세계적인 미술 컬렉터 로널드 로더에게 1억 3500달러(1416억 4000만 원)에 팔렸다. 당시 미술품 경매 사상 최고가였다.

페르디난트, 페르디난트, 페르디난트……

오빠 회사는 서울에서 땅값이 비싸기로 유명한 강남구 도곡동에 위치해 있다. 하늘을 향해 높게 손을 뻗은 것처럼 고층 빌딩에 위치한 사무실, 기업분석 파일로 가득 찬 책장과 일렬로 나열된 네 개의 컴퓨터 모니터, 그리고 대형 통유리 밖으로 보이는 타워팰리스. 내 상상은 은밀하고 집요하다. 이 년 전 회사에 잠시 들렀던 때의 기억을 나는 최대한 세세하게 떠올린다. 이 글을 읽는 동안 사람들이 마치 그곳에 와 있는 것처

럼 느끼게 해야 한다. 파일에 적힌 기업명의 필체까지 재현해
낼 수 있다면 좋을 텐데.

　사무실 풍경을 현실감 있게 묘사하는 대신 나는 오빠의 얼
굴을 모자이크 처리한 것처럼 지워 버린다. 실제로 이목구비
의 형체를 뭉갠다는 건 아니다. 다만 오빠가 어떻게 생겼고 어
떤 분위기를 풍기는지에 대한 정보를 일체 제공하지 않겠다
는 것이다. 그건 오빠가 있던 자리에 다른 누가 들어가도 상관
없다는 의미다. 누구나 한 명쯤은 딸이나 아들이 있고 나처럼
자식이 없는 사람일지라도 누구나 한 명쯤 소중한 사람을 가
슴에 품고 살기 때문이다. 보고 있나, 말미잘!

　잔뜩 긴장한 얼굴로 나는 오빠의 맞은편에 앉는다. 물론 내
외모에 대해서도 설명하지 않을 예정이다. 내 표정은 읽을 수
있지만 내가 누구인지는 알 수 없을 것이다. 이건 내 이야기이
면서 다른 사람의 이야기이기도 하다. 나 말고도 오빠의 맞은
편에 앉을 사람은 많다. 글을 쓰는 사람이라면 누구나 한 번쯤
써야 하는 글과 쓰고 싶은 글 사이에서 갈등하다 워렌 버핏이
말한 '가격과 가치'의 간극을 경험하기 때문이다. 투자를 유치
하는 펀드매니저가 된 것처럼 나는 입술이 바싹 마른다. 단어
하나가 머릿속에 자꾸 맴돈다. 저평가 우량주. 이건 한 글자당
오십 원짜리 내 소설을 가리키는 말이면서 하루가 다르게 성
장하는 네 살배기 조카를 의미하는 말이기도 하다.

포토북은 마음에 들었어?

오빠는 가볍게 고개를 끄덕인다. 조카의 첫 생일을 맞이해 엄마는 베이비 포토북을 선물했다. 신생아실에서 찍은 사진부터 최근 청담동 퓨전 레스토랑에서 주꾸미 파스타를 먹는 사진까지 백 장을 편집해 한 권으로 묶은 사진첩이다. 오빠의 책상에는 버버리 체크 코트를 입고 있는 조카가 스와로브스키 액자 속에서 방긋 웃고 있다. 한결 편안한 마음으로 나는 다음 질문을 준비한다.

베이비 스토리텔링북이라고 들어봤어?

어린 시절 과자를 사러 가면 평소에 즐겨 먹던 농심 자갈치를 고르는 나와 달리 오빠는 늘 새로 나온 제품에 관심을 보였다. 베이비 포토북이 아이 사진을 편집해 만든 예쁜 사진첩이라면 베이비 스토리텔링북은 세상에서 단 하나뿐인 내 아이에 관한 이야기책이란 설명과 함께 그 책에 대한 정보를 나는 재빨리 덧붙인다.

근데 왜 이렇게 비싸? 포토북은 몇만 원인데.

천천히 나는 고개를 끄덕인다. 의구심이 드는 게 당연하다. 항상 낮은 가격을 지불하고 높은 가치를 얻는 것이 오빠의 투자 비결이다. 사진 백 장을 모아 만든 한 권의 책이 이만 팔천 원이다. 그런데 내가 말하는 이야기책은 그것의 몇십 배에 해당하는 가격이다.

이건 그냥 이야기가 아니야.

이 장면에서 나는 오랜 시간 고민한다. 이 글에서 가장 중요한 대목이다. 단순히 내가 앞으로 청탁을 받아 소설을 발표할 수 있는가 혹은 한 글자당 오십 원 이상의 원고료를 받을 수 있는가의 문제가 아니다. 이건 소설을 읽고 책을 구매하고 문학의 가치를 인정하는 사람들이 점점 줄어드는 상황에서 문학의 미래와 작가의 생존이 걸린 중대한 문제인 것이다. 마지막 판결을 앞둔 피고인의 심정으로 나는 고개를 돌려 방을 천천히 둘러본다. 우리은행 달력을 시작으로 후지필름 폴라로이드 카메라, 한미약품 인공누액, 종근당 장을 위한 생 유산균 7, 키엘 수분크림…… 백화점 진열대를 둘러보듯 내 시선은 제품군과 가격대에 구애받지 않고 막힘없이 움직인다. 미켈란젤로가 살던 시절에는 예술 장르의 구분도 없었다. 예술가란 이름으로 모두 통했다.

미켈란젤로는 말이야.

침착한 어조로 나는 이탈리아의 천재 예술가가 그린 그림에 얽힌 사연을 풀어놓는다. 1508년 교황 율리우스 2세는 로마의 성 베드로 대성당 재건축의 일환으로 천장화를 주문한다, 하지만 자신을 조각가로 생각한 미켈란젤로는 이 프로젝트를 맡는 것이 탐탁지 않았다, 그는 라파엘로를 추천하며 거절의 의사를 밝힌다, 하지만 교황은 그의 청을 들어주지 않았다, 결국 교황의 명령으로 그는 그 그림을 그리게 되었다는, 꽤 오래된 이야기.

그게 바로 시스티나 예배당 천장화야, 그 유명한.

여기까지 말하고 나서 나는 한 박자 쉰다. '명작 탄생'의 비화는 언제 누가 들어도 흥미로운 법이다. 불가피한 상황으로 인해 지금 내가 쓰고 있는 이 글도 누군가에겐 재미있는 이야기로 읽힐 날이 올 것이다. 작가가 실제로 겪은 일인지 아닌지 궁금해하면서.

그런데 그 명작은 사실 미켈란젤로의 것이 아니야.

작품의 진위 여부는 유명한 그림에 이름표처럼 반드시 따라붙는다. 미술경매에서 초고가에 거래되는 작품들에는 공통점이 있다. 활동한 시기도 다르고 작품 스타일도 다르지만 무엇보다 예술사에서 매우 중요한 가치를 지니고 있는 작가의 작품이란 점이다. 피카소, 워홀, 베이컨, 반 고흐 같은 작가들은 모두 기존의 예술 경향을 뒤엎고 새로운 시대를 연 선구자들이다. 하지만 무엇보다 그 작품의 출처가 명확하다. 해당 작품을 소장했던 사람이나 기관이 유명하거나 믿을 수 있고, 유통 과정이 분명하고, 전시 기록이 좋아야 한다.

제일 먼저 오빠가 내 머릿속에 떠오른 것도 그 이유에서였다. 100억을 투자하는 대신 다른 고객들보다 수수료를 할인해달라는 고객의 제안을 그는 단호하게 거절했다. 주식투자는 개인투자자가 주식회사의 소액주주로 참여해 그 수익을 나누는 것이다. 투자금의 규모에 따라 수수료가 달라진다면 소액주주로서 회사의 수익을 공평하게 나눠 가질 명분을 스스로 저버리는 행위라고 그는 거절의 배경을 밝혔다. '투자 장인'으로 불리는 오빠는 개처럼 벌어서 정승처럼 쓰는 것이 아니라 정승처럼 벌어서 정승처럼 쓰고 싶다는, 자신만의 투자 철학을 갖고 있었다. 자신은 비록 자본가의 포지션에 있지만 노동의 가치를 소중하게 생각하는 모범적인 자본가가 되고 싶다는 말로 그는 한국 경제 TV의 인터뷰를 끝마쳤다. 오빠는 분명 가난한 예술가의 자존심을 지켜줄 수 있는 사람이었다.

내 말은 그 그림을 미켈란젤로 혼자 그린 게 아니란 말이야. 교황이 지시를 내리지 않았다면 미켈란젤로는 그 그림을 그리지 않았을 거야. 자신을 조각가라고 생각했으니까.

나 역시 오빠가 옆에 없었다면 지금 쓰고 있는 이런 글을 써야겠다는 생각조차 하지 못했을 거였다. 여느 소설가의 눈에 이건 소설이 아닐 것이다. 하지만 보이지 않는 것을 보는 것, 바로 그것이 예술이다. 나는 소설가이기 전에 예술가다. 내 목소리에는 어느새 힘이 잔뜩 들어가 있다. 돈에 대한 고결한 그의 신념이 예술을 구원할 수 있을 것이다. 자본주의 시대의 종교는 돈이다. 중세의 절정에서 르네상스의 시작을 알린 미켈란젤로처럼 이 글은 가장 반(反)예술적인 모습으로 문학의 본

질을 되새겨보는 계기를 제공할 것이다.

교황이 없었다면 우리는 세계의 명화를 감상할 기회를 얻지 못했을 거란 얘기야.

더 이상 나는 원고청탁이 들어오기만을 기다리는 소극적이고 나태한 예술가로 살고 싶지 않았다. 한 글자당 오십 원짜리 소설. 그건 시대가 요구하는 예술과 시대를 필요로 하는 예술을 모두 배신하는 것이다. 내 생각은 다이아몬드의 탄소 배열처럼 점점 은밀하고 집요해져갔다.

페르디난트와 클림트, 교황 율리우스 2세와 미켈란젤로, 그리고 로널드 로더.

그 관계에 관해 나는 애써 설명하지 않는다. 대신 오빠를 만나기 전에 구입해서 읽었던 워렌 버핏 책의 한 구절을 슬쩍 인용한다. 역사를 통해 배울 수 있는 것은 아이러니하게도, 사람들은 역사를 통해 아무것도 배우지 않는다는 것이다. 전자상거래가 활성화될 무렵 모든 사람들이 관련 주식에 투자할 때 오빠는 택배회사에 관심을 가졌다. 인터넷의 대중화로 상거래가 온라인으로 확대될 경우 주문 상품을 배송하는 택배회사 매출이 높아질 거란 걸 예상한 것이다. 포토 북이 아이의 과거를 보여주는 거라면 베이비 스토리텔링 북은 미래를 보여주는 것이라는 말을 나는 속으로 삼킨다. 대신 자리에서 일어나 기업분석 파일이 빼곡하게 꽂힌 책장으로 다가간다. 그

중 하나를 꺼내 펼친다. 애널리스트와 펀드매니저에게 주목 받지 못했지만 오빠에 의해 발견된 저평가 우량주의 목록이 적혀 있다.

이게 바로 패트런 노벨(Patron Novel)이란 건데……

이 글은 '이재용, 단 한 사람을 위한 소설'이다. 하지만 단순히 조카만을 위한 글은 아니다.

조만간 성장소설이나 역사소설과 같은 소설의 세부장르가 될 거야. 작가들이 단편집을 한 권 출간할 때마다 한 편씩 꼭 들어가게 될 거고. 작가의 말처럼.

지금 이 글을 읽고 있는 사람이라면 내가 마지막 페이지까지 다 쓰고 나서 무엇을 할지 짐작할 수 있을 것이다. 내 소설 속 등장인물은 클림트와 미켈란젤로지만 그들을 소설가나 시인으로 바꿔도 아무런 문제가 없다. 미술관에서 구스타프 클림트의 그림을 감상하듯 이미 사람들은 책을 소유하지 않고 도서관에서 빌려 보고 있다. 소수의 전유물로 전락한 문학. 조만간 후원 없이는 출판이 불가능한 상황이 올 것이다. 역사는 반복된다고 믿는 워렌 버핏이 세계 최고의 부자로 살고 있는 세상에서 책 한 권 내지 못한 신인소설가가 할 수 있는 일이 딱 하나 있다.

글이 완성되어 간다.

이제 오빠를 만나러 가야 할 시간이다.

이 글에는 이재용이란 이름이 총 열여덟 번 등장한다.

후원 받아 그린 그림에 자신의 서명을 몰래 남기는 중세 초
상화가처럼 나는 소설 속에 흔적을 남기기로 한다. 소설 끝에
덧붙인 하나의 문장이 이 글의 작가가 '나'라는 것을 증명해줄
것이다.

이 소설은 간접광고를 포함하고 있습니다.

'세상에서 가장 비싼 소설'을 기다리며

정홍수 문학평론가

　'인간'이 자연적 사실의 범주에 속한다면, '사람'이란 것은 "어떤 보이지 않는 공동체 ― 도덕적 공동체 ― 안에서 성원권을 갖는다는 뜻이다. 즉 사람임은 일종의 자격이며, 타인의 인정을 필요로 한다."(김현경,『사람, 장소, 환대』, 문학과지성사, 2015) 여기서 '보이지 않는 공동체'는 우리가 흔히 '사회'라고 부르는 것일 테다. 보이지 않는다고는 했지만, 우리는 이 공동체가 물리적으로 실재한다는 사실을 안다. 관념과 상상의 영역을 포함하면서 그 공동체는 사회라는 이름의 장소로 존재한다. 그러므로 사람으로서 성원권을 인정받는다는 것은 사회라는 물리적 장소 안에서 머물고 살아갈 자리를 부여받는다는 의미가 된다. 김현경은 이를 "사람의 개념은 장소의존적이다"라고 정리한다. 얼핏 상식적이고 중립적인 평이한 진술 같지만, 여기에는 인정과 배제의 투쟁으로 점철되어온 인류사 전체의 진실을 압축하는 힘이 있다. 멀리 갈 것 없이 당장의 세계 현실로 눈을 돌리기만 해도 될 테다. '사람'으로 인정받고 살아갈 자리를 박탈당하고 밀려나는 사람들은 나날이 늘어나고 있다. 얼마 전 터키 해안에서 잠든 것처럼 발견된 시리아 난민 아이의 시신은 그 현실을 웅변한다. 우리 사회는 또 어떤가. 고공농성을 하는 해고 노동자들에게 주어진 '사람'의 자리는 칼바람 부는 몇 제곱미터 남짓의 굴뚝 꼭대기가 전부다. 대학 건물을 청소하는 비정규직 노동자들이 청소도구를 보관하는 화장실 한쪽 구석에서 식은 도시락을 먹어야 하는 현실도 있다. 날로 심각해지고 있는 청년 실업의 문제는 '사회'로의 진입조차 불가능한 상황을 만들고 있기도 하다. 사회적 성원권, 사람의 자리를 둘러싼 비참하고 고통스러운 현실은 사회적 상호 인정(認定)의 영역에서 벌어지는 일상적인 배제와 모욕, 멸시의 행동에서부터 극단적인 생존의 문제에 이르기까지 지금 우리가 마주하고 있는 세계의 광범위한 실상이다.

이것은 누구나 얼마만큼은 안다고 생각하는 현실의 면모일 수 있다. 그런데 현상의 요약과 정리가 매끈할수록 우리는 현

실의 생생하고 개별적인 사실, 혹은 진실로부터 멀어지기도
한다. 위에서 인용한 김현경의 저서는 그 손쉬운 환원을 거부
하면서 사회적 상호 인정의 의례(儀禮)를 매개로 한 사회적 구
조와 상호작용의 질서를 두루 성찰하며 '환대'라는 질문을 끈
질기게 이어가고 있지만, 흔하게는 구조의 정돈된 파악이나
인간 행태의 도덕적 질타에 그치면서 답을 서둘러 마련한다.
계급이나 정치-경제, 윤리의 언어와 사고는 중요한 참조점이
기는 하지만, 어느 한쪽에 치우치거나 환원주의적으로 활용
될 때 더 물어야 할 질문들은 중단된다. 생생한 개별의 진실은
지워지고 묻힌다.

　문학이 그 중단된 질문의 자리에서 뒤늦은 호흡으로 종종
인간과 인간 현실에 대한 자신의 질문을 찾아 나선다는 것은
널리 알려진 이야기이다. 더 중요하기로는, 문학은 그 질문
의 자격을 스스로 성찰하고 심문하는 방식으로 그렇게 한다
는 사실일 테다. 김민정의 첫 소설집『홍보용 소설』은 일견 자
신의 자리가 없는 사람들, 혹은 사라져 가는 자리 앞에서 길을
잃은 사람들의 이야기를 다루면서 '사회적 성원권'에 대한 익
숙하고 첨예한 질문을 이어나가고 있는 것처럼 보인다. 그 질
문의 테마만이라면 최근 한국 소설의 흐름 안에서 특별히 새
롭다고 할 수 없을지도 모르겠다. 그러나 김민정은 그 질문 안

에 작가 자신을 끼워 넣고 겹쳐내는 방식을 찾아낸 것 같은데, 여기에는 분명 그간 한국 소설이 도달하지 못한 낯선 페이소스와 함께 새롭게 개시되는 진실의 이야기가 있다.

가령, 성원권을 위협받고 자신의 자리를 잃어가는 사회적 타자나 약자의 이야기를 소설가는 쓸 수 있다. 그런데 그 소설가의 자리가 실은 사회적으로 없는 자리라면? 문제는 이것이 '근대문학(소설)의 종언'과 같은 거창한 주제와 결부되어 있지 않다는 사실이다. 그것은 그저 청탁 하나 없는 무명작가의 눈앞의 현실일 뿐이다. 바라는 것은 꾸준히 소설을 쓰고 발표할 수 있는 직업으로서의 소설가의 자리지만, 이게 또 (흔히 작가라는 자리에 있다고 가정되는) 절박한 실존적 상처와는 그다지 상관이 없다. 보들레르 식의 '저주받은 영혼'이 아니라는 이야기다. 그렇다고 경제적 어려움이 있는 것도 아니다. 굳이 길이 잘 보이지 않는 소설가의 자리를 고집하지만 않는다면, 그럭저럭 무난하게 살아갈 수 있는 것이다. 「홍보용 소설」에서 이미지 마케터에게 자신의 '소설가 이미지' 구축을 의뢰하러 온 무명의 소설가의 처지가 이와 비슷한데, 소설을 왜 쓰느냐는 마케터의 질문에 그녀는 이렇게 대답한다. "……결핍 때문에요." "제가 결핍이 없을 거라고 사람들이 생각하는 게, 제 결핍이에요." 「홍보용 소설」과 함께 이번 소설집에서 아이러니한 메타적 성찰의 지점에서 부재하는(혹은 사라지기 직전의) 무명 소설가의 자리를 상상적으로 방어하고 재구축하는 작품인 「세상에서 가장 비싼 소설」에는 다음과 같은 진술도 나온다. "문예지에 실리지도 않고 책으로 발간되지도 않은 그 소설들은 소설이면서 또 소설이 아니었다. 그것들은 분명 존재했지만 존재하지 않는 것과 다름없었다."

요컨대 김민정 소설의 새로움은 '문학의 행로'나 '소설의 운명' 따위를 질문의 대상에서 삭제한 데 있는 듯하다. '소설가 소설'이 작가 자신의 비루한 현실을 소설의 소재로 다룰 때, 그 자기풍자의 아이러니 안에 얼마간 낭만화된, 소설 혹은 문학에 대한 원망(原望)과 승인을 감추지 않기는 어려운 일이다. 그 원망과 승인의 지점과 작가 자신의 비루함 사이에서 발생하는 페이소스가 물신적 세상에 대한 무언의 비판이 되는 만큼, 이것은 이해할 수 있는 일이기도 하다. 이때 '작가의 비루한 현실'은 그냥 비루한 것이 아니라 모종의 '아우라'와 함께 비루하다(물론 이 아우라의 이야기는 종종 상투화되면서 그 비판적 아이러니의 긴장과 힘을 잃어버리기도 한다). 그런데 김민정 소설집 앞뒤에 기둥처럼 혹은 액자의 틀처럼 버티고 있는 두 편의 '소설가 소설'은 그런 아우라의 이야기를 아예 모른다. 그도 그럴 것이 그것들은 '소설가 소설'이 씌어지는 자리에 아직 도달하지 않았기 때문이다. 그이들에게 중요한 것은 소설가의 자리를 확보하는 일이고, 그것의 지속성을 담보하는 일이다. 그런데 상처, 불행, 결핍 등등 전통적으로 소설가의 자리에 배당되어 있다고 믿어온 인생의 자원이 부족하다면? 특별히 소설가의 길을 운명처럼 여기고 살아온 것도 아니다. 써야만 하고, 쓸 수밖에 없는 것이 넘쳐나는 것도 아니다. 그렇다면 어떻게 해야 하나. '결핍이 없는 것'을 결핍이라고 우기면서 써나갈 수밖에 없지 않겠는가. 청탁이 없다면 스스로 자신의 소설을 필요로 하는 고객을 만들어내어 '단 한 사람을 위한 소설', "세상에서 가장 비싼 소설"을 쓸 수밖에 없지 않겠는가. 자신의 소설을 '간접 광고'의 장으로라도 제공하면서 말이다. 소설을 계속 쓰고, 소설가의 자리를 지켜내기 위해서라면 달리 방법이 없는 것이다. 필요한 것은 평생 직업으로서의 소설가이며, 어느 정도 자유로운 라이프 스타일을 유지할 수 있는 소설가라는 명함이다. 아우라 따위는 혹시 있으면 좋겠지만 없어도 무방한 일일 테다. 김민정 소설 속의 '소설가들'은 이렇게 절박하게, 혹은 담담하게 말하고 있다.

그런데 이로부터 소설가의 자리에 대한 탈낭만화의 시선을 읽어낸다면 아마도 시대착오적 독법이 될 테고 김민정 소설에 대한 제대로 된 독해도 아닐 테다. 두루 아는 대로 그런 소설가의 자리는 이미 해체되고 없다. 더더구나 김민정 소설에는 아예 그런 전제 자체가 배제되어 있다.

　가령 '쓸 수밖에 없어서 쓴다'고 할 때, 소설가는 스스로를 운명적 필연의 영역에 놓는 것이다. 어쩌면 운명이라는 말조차도 사치일 수 있다. 토마스 만의 소설『토니오 크뢰거』에서 주인공 토니오에게 문학은 '운명이 아니라 저주'일 뿐이며, 시민사회 밖 아웃사이더로 스스로를 내모는 바로 그 자리에서만 그는 문학을, 예술을 꿈꾼다. 그에게 창조의 시간은 그렇게 '길 잃은 속인'으로 스스로를 처벌함으로써만 도래한다. 이청준식으로 작가를 패배시키는 현실에 대한 상상의 복수와 지배를 말할 수도 있을 텐데, 이 경우도 그 상상의 질서가 현실에서 승인되는 순간 작가는 다시 패배의 운명 속으로 걸어 들어간다는 아이러니까지 말하지 않으면 안 된다. 그러니까 이것은 패배라는 아이러니한 형식을 통해 세계 전체와 맞서는 숭고한 일이 된다. 얼마간 신비화된 이런 작가의 자리는, '작가의 죽음'에 대한 선고를 포함하여 다양한 지점에서 공격받아왔다. 그 해체의 이야기는 이제 문학의 종언이 지겨운 상투어가 된 세상에서 아무런 놀라움도 동반하지 않는다. 그런데 이 해체는 역설적으로 소설가를 저 저주받은 운명에서 해방시킨 일일 수도 있다. 소설가는 이제 하나의 직업이며 선택할 수 있는 라이프 스타일이 되었다. 사실은 처음부터 그랬던 것인지도 모르지만 말이다(그러나 소설가의 저주받은 운명이 세상을 전체적으로 인식하고 성찰하는 특별한 하늘의 성좌가 되었던 시대는 분명 존재했고, 그 또한 지금도 얼마간 그런지 모를 일이다).

김민정의 소설은 시장과 대중이라는 불특정 다수의 종잡을 수 없는 패트런에게 자율성을 저당 잡혀 온 근대 소설의 성쇠를 성찰하는 데 무심하다. 종언론 이후 소설의 행로 또한 김민정 소설의 관심사가 아니다. 이 말은 오해되지 말아야 하는데, 김민정 소설의 키워드가 스스로 언급하듯 '아이러니'(「홍보용 소설」)인 한 이러한 무심함은 철저히 방법적인 것이기 때문이다. 무전제성으로의 '판단정지', 현상학적 환원을 떠올려보는 것도 좋겠다. 그렇게 김민정 소설 속 '소설가들은' 목표를 지금 자신의 현실적 시야 안으로 제한한다. 목표를 최대한 낮추어 잡는다. 문제는 소설가의 자리를 지켜내며 살아남는 것이기 때문이다. 이것은 일종의 위악일까. 아니면 정직함일까.

생각해보면 소설을 쓰고, 작가로 이름을 얻는 일은 격렬한 인정투쟁의 과정을 포함한다. 사회적 영향과 위세의 저하에도 불구하고, 여전히 소설가라는 자리는 타인의 인정 위에 자기 세계를 구축한다고 하는 근사한 외양을 얼마간 유지하고 있다. '저주받은 영혼'을 자처한다고 하는 것부터가 전도(顚倒)된 권력의지의 추구일 수 있다. 둘러싼 아우라가 사라지고, 그 인정의 수준이 많이 축소되었다 하더라도 소설가의 자리는 존재의 결핍감을 보충할 수 있는 최소한의 영역은 가지고 있다. 그것은 자기표현의 영역이라 할 수 있는데, 이를 통해 이청준식의 상상적 복수와 지배를 포함해서 자존감을 지켜내는 몇몇 방법을 찾을 수 있다. 그리고 언어를 통한 자기표현과 재현(미메시스)의 과정은 자기 검토와 성찰의 지성 없이는 가능하지 않다는 점에서 대상 현실과의 비판적 거리를 확보한다. 아이러니는 현실적 패배의 승인을 잠정적 대가로 지불하는 가운데 그 비판적 거리 속에서 소설이 찾아낸 마지막 저항선 같은 것일 테다. 김민정 소설의 특별함은 이 아이러니의 저항선을 소설의 역사 안에서 학습하고 승계받은 것이 아니라, 작가 자신의 존재적 '결핍' 안에서 정직하고 절실하게 이끌어내고 있다는 점에 있는 것으로 보인다.

「홍보용 소설」에는 무명 소설가 김은정의 습작품 한 편이 이미지 마케터인 소설 화자 '나'의 시선으로 소개되는 대목이 있다.

"태어날 때부터 세상은 이미 풍요로웠고 자신의 자리는 남아 있지 않았다. 자신은 가난했지만 가난을 경험해본 적은 없었다. 민경은 비난도 변명도 할 없었다. 모른다는 말, 내가 당신을 모르고 당신이 나를 모른다는 그 말만 입안에 맴돌았다. 이쪽과 저쪽 모두에 속해 있는 민경은 양쪽을 오가며 힘겨운 혼자만의 싸움을 시작할 수밖에 없었다."

이 소설의 주인공 민경은 자수성가한 권위적인 아버지를 두고 있으며 인용 소설 속의 '당신'은 그 아버지를 가리키는 듯하다. "자신은 가난했지만 가난을 경험해본 적은 없었다"는 얼핏 모순되는 문장을 이해할 수 있는 단서 또한 여기에 있을 테다. 집안의 부와 그녀 자신을 구별짓는 것으로 말이다. 이 점은 「홍보용 소설」과 「세상에서 가장 비싼 소설」에 공히 등장하는 무명 소설가의 처지(강남 최고급 주상복합 아파트에 거주하고 명품가방을 소유하고 있으며, 오빠가 천억 대의 자금을 운용하는 투자자문 회사 대표지만 정작 자신은 소설가로서 수입도 존재감도 거의 없는 처지)를 떠올리게도 만든다.

그런데 이런 어정쩡함만으로도 "(세상에) 자신의 자리는 남아 있지 않았다"고 말할 수 있는 건가. "이쪽과 저쪽과 모두 속해" 있다면 언제든 편한 쪽을 선택할 수 있다는 말이 아닌가. 공동체의 테두리 바깥으로 내몰리는 사회적 약자의 처지에 비한다면 한가한 소리가 아닌가. 김은정이 이미지 마케터에게 가져온 소설 중에는 중국과 한국 모두에서 이방인으로 살아가는 조선족 이진봉의 이야기인 「죽은 개의 식사 시간」이란 작품이 있다(이 작품은 실제 김민정의 이번 소설집 초고의 표제작이기도 하였다). 불법 체류 이주 노동자인 이진봉의 직업은 고독사한 사람들의 시신을 치우는 일이다. 그는 철거 직전의 낡은 아파트 욕조에서 두 달 만에 발견된 부패한 노인의 시신을 처리하는 작업을 하다가 중국에 혼자 남겨 두고 온 아버지의 사망소식을 전해 듣는다. 자신이 뜰채로 건져 올리고 있던 썩어 문드러진 시신은 아버지의 그것일 수도 있었다. 불법 체류자의 신분을 감수하고 가까스로 지탱해온 삶의 최소한의 지반조차 무너지는 순간이다. 그는 이제 한국에 머물 수도, 고향인 중국 유하로도 돌아갈 수 없는 처지다. 할아버지와 아버지의 이주까지 포함하면 백 년이 넘는 뿌리 뽑힌 시간이 여기에는 있다.

"그는 욕조 물에 둥둥 떠다니는 구더기를 건져냈다. 죽은 듯 가만히 있던 구더기들이 뜰채 안에서 다시 꿈틀거리기 시작했다. 그 모습을 지켜보던 그의 손이 파르르 떨렸다. 조선족 따위에게는 죽지 않을 거라고 강하게 저항하는 것처럼 느껴졌다. 그는 손에 들고 있던 뜰채를 통에 거칠게 털었다. 알루미늄 통 속엔 죽은 남자의 지방과 머리카락이 가득 들어 있었다. 그 안에서 구더기는 서서히 죽어갈 것이었다. 칼로 심장을 찌르거나 관자놀이를 총으로 쏘고 숨을 쉬지 못하도록 목을 조르는 것만이 살인은 아니었다. 뜰채를 든 그의 손이 미세하고 떨리고 있었다."

좀더 건조하고 객관적인 묘사로 갈 수도 있었을 테다. 중요한 대목인 만큼 인물의 심리를 묘사에 얹고 싶은 욕심을 자제하기는 쉽지 않았을 것이다. 그러나 전체적으로 상황은 남김없이 관찰되고 있으며, 소설의 핵심 전언을 향한 맥락의 측면에서도 짧지만 강렬한 요약을 성취한다. 이 작품만이 아니다. 소설집 전체적으로 작가는 꽤 넓은 영역에서 이야기를 가져오면서도 문장의 밀도나 서사적 긴장을 고르게 유지한다. 문장은 정확하고 명징하다. 아이러니의 시선도 인물이나 이야기의 내부로부터 착실하게 준비되고 있어서 작위적 반전의 느낌도 덜 하다. 한마디로 상당한 솜씨다. 한국문학에 썩 괜찮은 신인이 탄생했다고 당겨서 말하고 싶을 정도다. 그러나 이렇게만 이야기한다면 김민정의 소설에 대해서는 절반밖에 말하지 않은 것이 되고 만다. 우리는 김민정 소설이 스스로 누설해주는 '외전'을 갖고 있으며, 그 이야기를 듣지 않으면 안 된다. 이른바 '어정쩡함'에 대한 이야기 말이다.

「홍보용 소설」로 돌아가보자.

"나는 고개를 끄덕이며 그녀의 생각에 동의한다는 제스처를 취했다. 물론 스타팰리스에 사는 그녀가 구로공단 쪽방에서 삶의 밑바닥을 긁고 있는 조선족의 삶을 온전히 이해할 수 있을 거라고는 생각하지 않았다.

합평 시간에 욕을 많이 먹었지요. 제가 할 수 있는 얘기가 아니라고."

이 소설(「죽은 개의 식사 시간」)에 대한 이미지 마케터의 생각과 합평자들의 의견은 그 강도는 다르지만 비슷하다고 할 수 있다. 근본적으로 '스타팰리스에 사는' 작가(김은정/김민정)가 할 수 있는 이야기가 아니라는 점에서 말이다. 우리는 텍스트를 작가의 신원, 환경, 체험으로 손쉽게 환원하고 싶어 하는 오래된 이데올로기를 잘 알고 있다. 사실 이런 주장의 오류를 지적하기는 쉽다. 문제적인 측면은 따로 있다. 작가는 결국 쓸 수 있는 것만을 쓸 뿐이라는 사실이 그것이다. 여기서 논점은 취재나 체험의 외면적 차원을 넘어서서 작가의 생과 내속된 경험의 고유성에 있다. 작가는 평생 하나의 작품을 쓸 뿐이라는 말이 가능한 것도 이러한 차원에서일 테다. 작가가 소재를 선택하는 것이 아니라 소재가 작가를 선택한다는 말도 같은 의미이다. 고독한 회상 주체의 실패가 예정된 아이러니한 탐구가 '이야기'와 구별되는 근대 소설의 내적 형식이 되는 이유도 여기에 있다. 하긴 굳이 이런 차원까지 갈 것도 없겠다. 상식적인 수준에서도 작가와 경험 세계(혹은 생활 세계)를 연결 짓는 논리는 부인하기 힘든 설득력을 가진다. 그렇다면 이에 대한 김민정 소설의 대답은 무엇인가? 사실 김민정의 이번 첫 소설집은 바로 이 문제에 대한 대답의 형식으로 쓰여졌다고 해도 과언이 아닌 것 같다.

두 개 층위의 대답이 있다. 하나는, 앞서 이야기했던 것처럼 소설의 축소된 위상을 냉정하게 받아들이는 것이다. 소설가는 이제 선택할 수 있는 하나의 직업군이다. 문제는 소설가로 살아남는 방법을 찾는 일이다. 작가는 이 과정에 자신의 소설 쓰기를 투명하게 밀어 넣는다. 소설은 '작품'이기 전에 세상에 없는 자신의 자리를 찾고 지켜내는 일이 될 것이다. 자신의 자리? 기실 경제적 궁핍이나 사회적 배제와 박탈만이 삶의 자리를 위협하는 것은 아니다. 그것들은 가장 중요한 요인이되 전부는 아니다. 경제적 사회적 층위로 환원될 수 없는 존재의 결핍감과 불안은 과연 사치스럽고 한가한 이야기일까. 그렇지는 않을 것이다. 개인의 자율성, 안정감, 자존이 위협받고 침식당하고 있다는 느낌은 거의 예외 지대가 존재하지 않는 지금의 미만한 세계 현실이다. 기실 김민정 소설에 등장하는 '무명 소설가의 경제적 사회적 여건이 그리 대단한 것도 아니다. 그 인물의 '어정쩡한 사회적 경제적 좌표'는 어쩌면 제대로 된 (전통적 의미의 '문학'이라고 해도 좋다) 자기표현과 존재 증명의 기회를 아예 제한받아 왔는지도 모른다. 이런 맥락에서 김민정 소설은 우리 사회에 이상한 방식으로 구축되어온 관념적인 계층론(혹은 계급론)의 위선과 허위를 일깨우는 측면이 있다. '결핍 없는 결핍'은 김민정 소설이 찾아낸 쓰디쓴 유머이겠지만, 그 투명한 정직함과 자기 절실성으로 우리를 흔든다. 가령 오빠의 집에서 실질적 권력자로 군림하는 필리핀 베이비시터 안젤라와 오빠의 동생인 소설화자 '나'('나'의 세례명도 안젤라다. 필리핀에서 선교 봉사활동 중 잠시 귀국한 처지다)의 어정쩡한 자리를 미묘하게 대비시키는「안젤라가 있던 자리」의 다음과 같은 대목은 김민정 소설이 자기 정직성의 절실함으로 찾아낸 가슴 아픈 순간을 이룬다.

"조카와 이 집에 필요한 사람은 내가 아니라 필리핀 이모였다. 우리와 다른 생김새에 차갑고 쌀쌀맞은 성격이지만 이모는 삼 년간 한집에서 먹고 자고 일상을 함께 해온 가족이었다. 내 자리는 여기에 없었다. 나는 천천히 짐을 쌌다. 하지만 선교 교육원으로 갈 순 없었다. 그곳에도 박혜진의 자리는 없었다. 안젤라, 오직 그녀의 자리만 있을 뿐이었다. 나는 갈 곳을 잃었다."

이것은 사회적 약자를 둘러싼 상투적 서사 속에 들어 있는 틈이자, 문학이 언제든 찾아보고 해야 하는 인간 진실의 소중한 국면이다.

사정이 이러하다면, 김민정 소설을 관통하는 테마가 '자신의 자리가 없는(사라지는) 사람들'이라는 점은 이해할 만한 것이다. 김민정은 자신의 소설 쓰기가 시작되는 어정쩡한 시대적 현실적 좌표, 바로 거기서 자신의 (어정쩡한) 실존적 좌표에 대한 정직한 성찰을 개시한다. 그리고 그곳으로부터 자신의 소설이 찾아야 할 우리 시대의 이야기, 배제와 박탈의 최전선에 서 있는 우리 시대의 타자들에 대한 발견과 탐구를 개시한다.

대답의 두번째 층위는, 조금 더 깊다. 김민정은 자신의 소설과 자신의 소설이 찾아가야 할 세상의 이야기 사이에 놓인 연결이 그리 단단하지도, 필연적이지도 않다는 것을 안다. 일차적으로는 그 자신이 지탱하려 하는 소설가의 자리가 그러하지만, 그의 소설이 품으려는 타자의 이야기들 역시 불확실하기는 마찬가지다. 그 타자들은 정말 거기에 그렇게 있는가? 혹 '사라진다'고 알고 있는 그 자리마저 타자화되고 있지는 않은가? '소설가-나'가 그러한 것처럼. 풍문과 상투성에 가려진 이야기는 여기에도 있지 않을까? 이런 질문들을 경유하며 김민정 소설의 정직함은 한 번 더 깊어지는데, 이 어름이 김민정 소설의 내적 형식이자 방법론인 '아이러니'의 진정한 근거인 셈이다. 상투성에 대한 거절을 포함하는 김민정 소설의 현대성, 만만치 않은 세련성은 이로부터 온다. 그렇게 해서 필리핀 베이비시터 안젤라와 '나' 사이의 상투적 위계 구도가 무너지고 현실의 새로운 국면이 포착된다. 조선족 시체처리사 이진봉이 스스로를 가해의 자리에 놓는 속 깊은 성찰의 순간이 가능해지고, 우즈베키스탄에서 국제결혼을 통해 한국에 온 나타샤의 특별히 순진하지도 특별히 영악하지도 않은 삶의 의지가 자기도 모르게 지금-이곳의 얼마 안 되는 희망을 덜어내는 아이러니한 이야기(「그 남자의 임신」)가 펼쳐진다. 파산한 고향 도시를 떠나 한국 영어유치원의 강사로 하루하루를 탕진하는 디트로이트 플린트 출신의 소심한 백인 남자(「라지 조지」)는 이상한 방식으로 우리를 슬프게 한다. 이 모두에서 각각의 인물들은 '신자유주의 세계화'라는 상투적인 구도나 사회학의 케이스 스터디를 거절하는 방식으로 저마다의 무너진 존재를 표현한다. 그들의 떠밀려 나는 자리는 흔한 '정치적 올바름'의 시각으로 관찰되지 않는 모순과 아이러니를 생생하게 드러낸다. 그래서 더 아프고, 잘 보이지 않던 현실의 숨은 틈새를 예리하게 돋을새긴다. 물론 김민정 소설은 그 자신의 소설이 서 있는 자리를 향해 더 가혹한 아이러니의 시선을 보낸다. 다시 한 번 말하지만, 이것은 쉽지 않은 정직함이며 자기 성찰이다. 한국 소설은 믿을 만한 신인 작가 한 사람을 얻은 것 같다. 클릭 한 번으로 메일 휴지통에 버려져야 했던 소설, 단 한 명의 독자만 갖고 사라져야 했던 '홍보용 소설'의 운명은 이제 멋진 반전의 순간을 맞이했다. '세상에서 가장 비싼 소설'은 이미 씌어지기 시작했는지도 모르겠다.

첫 단편집이다. 처음이란 건 언제나 설레고 두렵고 또 아득해진다. 등단하면서 썼던 소감을 찾아 읽어 보았다. 제목은 〈그대에게 이 영광을〉이었다.

지금까지 내가 읽은 당선소감만 해도 수십 개가 넘는다. 그 덕분 (탓)에 얼굴 한 번 보지 못한 사람들을 수백 명 알게 되었다. 당선자 한 명당 적어도 다섯 명 이상의 사람들에게 감사의 인사를 건넸다. 당선소감에 적혀 있는 그들의 이름을 보며 나는 이렇게 생각했다. 이게 뭐야. 비엔나소시지도 아니고 촌스럽게. 그렇다고 나에게 당선소감계에 새로운 바람을 불러일으킬 혁신적인 방안이 있는 것은 아니다. 당선소식을 듣고 내 머릿속은 나를 격려해준 사람들의 얼굴로 가득 찼다. 이 순간 기쁨과 고마움 말고 무슨 감정이 세상에 존재하겠는가. 결국 나는 과거의 나와 현재의 나 사이에서 균형점을 찾기로 했다. 그것이 훗날 당선소감을 돌이켜보며 초심을 다질 미래의 나에게 조금이나마 덜 부끄러울 것 같았다.

사랑하는 ( ), 존경하는 ( ), 보고 싶은 ( ), 나의 ( ), 그리고 빈칸마다 자기 이름을 넣어보며 설렐 그대에게 감사의 말을 전하고 싶다.

4년이 흘렀다.

그동안 많은 일들이 있었다.

소설 속에만 등장하던 조카가 진짜로 태어났고 반평생을 함께 보낸 중고대학교 동창 친구는 이란성 쌍둥이의 엄마가 되었다. 그 사이 나는 노트북을 한 번 바꾸었고 키가 0.5cm 자랐다. 봄과 여름과 가을과 겨울이 번갈아 가며 오고 갔다. 김연아는 은퇴를 했고 이세돌은 알파고에게 1승을 거두었다. 물을 무서워하던 나는 수영을 즐기게 되었고 왼쪽 시력이 조금 안 좋아졌다. 많은 일들이 나를 지나가고 있었다.

달라지지 않은 것이 있다면 그건 '( )'이었다.

누군가는 남았고 누군가는 떠났다. 그리고 누군가는 새로 들어왔다.

하지만 나는 여전히 누군가를 사랑하고 존경하고 보고 싶어 하고 있다.

그것만은 변함이 없다.

소중한,

그들의 이름이 단 하나의 이름으로 내게 돌아온다.

오늘도 내 옆을 지켜준 ( )에게

안부의 말을 전하고 싶다.

팥빙수 한 잔 할까.

수록작품 발표지면

홍보용 소설
『21세기문학』, 2015년 봄호

안젤라가 있던 자리
『아시아』, 2012년 겨울호

아야소피아 프로젝트
『실천문학』, 2016년 가을호

죽은 개의 식사 시간
『문장 웹진』, 2013년 한국문화예술위원회
차세대예술인력 육성사업 문학 분야 선정작

그 남자의 임신
『문장 웹진』, 2013년 한국문화예술위원회
차세대예술인력 육성사업 문학 분야 선정작

라지 조지
『작가세계』, 2013년 봄호

검은 빛
『자음과 모음』, 2014년 봄호

세상에서 가장 비싼 소설
『아시아』, 2015년 겨울호

홍보용 소설

2016년 8월 19일 1판 1쇄 찍음
2016년 8월 26일 1판 1쇄 펴냄

지은이   김민정
펴낸이   이영진
주간   김일영
편집   김현, 최지인
디자인   이지윤
관리   박혜영

펴낸곳   (주)실천문학
등록   10 - 1221호(1995.10.26)
주소   서울특별시 성북구 보문로 82-3 801호(보문동 4가, 통광빌딩)
전화   02-322-2161~5
팩스   322-2166
홈페이지   www.silcheon.com

이 도서의 국립중앙도서관 출판시도서목록(CIP)은 e-CIP홈페이지(http://www.nl.go.kr/ecip)와
국가자료공동목록시스템(http://www.nl.go.kr/kolisnet)에서 이용하실 수 있습니다.
(CIP제어번호 : CIP2016017747)